Anna Blaman
Ram Horna en andere verhalen

Amsterdam
Em. Querido's Uitgeverij B.V.
1976

# Verantwoording

De eerste druk van *Ram Horna en andere verhalen* (1951) bevatte nog het verhaal 'Feestavond', dat thans is opgenomen in de bundel *Verhalen*.

Het verhaal 'Ontmoeting met Selma', oorspronkelijk als afzonderlijke uitgave verschenen in 1943, is aan deze uitgave toegevoegd.

Eerste druk, 1951; tweede druk (gewijzigde samenstelling), als Salamander, 1976.

Uitgegeven in samenwerking met Meulenhoff Nederland bv, Amsterdam.

ISBN 90 214 9395 0

# Inhoud

Jeanne had het voorgevoel van een debâcle. Het polderland bood aan weerszijden van het water troosteloze verten en het water zelf liet zich in eigen machtsverloochening en lusteloos doorklieven door de lelijke rivierstomer, die telkens als een krab zo scheef op oevers aanliep, meerde en het vaarwater weer opzocht.

De passagiers wisselden van herkomst, niet van type. Het waren boeren en vakantiegangers, en de laatsten waren verreweg het onaannemelijkst: rugzakkoelies in shirt en kakibroek.

Neen, een debâcle was niet uitgesloten en de boot bracht haar er, eenmaal in het vaarwater, wel traag, maar onvermijdelijk, steeds dichterbij. Het landschap, somber, scheen apocalyptisch te verkonden dat het mis zou gaan, volkomen mis. Wat was ze toch begonnen?

Ze keek over het polderland dat doodliep op de horizon, naar de zo machtige, maar zo onnozele rivier, die zich beslist misbruiken liet, en naar het wolkendek dat zwaar en roerloos lag van somberheid. Het regende bij vlagen.

Ze sloeg het boek, dat op haar knieën lag, maar toe: zij moest zich, als het kon, toch enigszins realiseren, wat haar te wachten stond; een week, een hele week op Selma aangewezen, op een vreemde. En ze was zo moe. Het was of al haar energie voorgoed verdwenen was zoals de rek uit slechte elastiek. Ze had ook na het eindexamen zoveel meegemaakt. Wie zakt er, wie verliest er een vriendin terzelfder tijd en vindt een vriend? En al die feiten, zelfs de vriend niet uitgezonderd, hadden haar onthutst, teleurgesteld, vermoeid, en als een onbeduidend willoos spaandertje dreef ze nu op de stroom van 't lotgeval op een vakantie bij nicht Selma aan. Dat laatste moest natuurlijk een debâcle worden, was 't alleen doordat ze geen geloof had in het tegendeel. Selma was blond, hoogblond, en had dus blauwe ogen, ogen waarin goedheid lag en nog veel meer gecompliceerds.

Selma lag haar niet, ondanks dat ze de laatste keer dat ze haar zag een greintje sympathie voelde: stellig een laf verlangen naar hunkerende appreciatie. Selma was hoogblond, haar dof en ziekelijk gebit bedierf echter de poëzie daarvan: er was corrupte poëzie in Selma's blonde wezen, een gevoeligheid, klein van beginsel en amorf in de praktijk. Was er nu zon geweest, dan had ze de ontmoeting aan de kade toch bijna met vertrouwen tegemoet gezien: zon had haar wellicht tot een houding van zelfspot en roekeloos aanvaarden geïnspireerd.

De laatste keer, dat zij elkaar ontmoet hadden, zaten Selma en zij elk in een grijze crapaud van de salon. Moeder had toen nog de jaloezieën half neergelaten tegen het schelle namiddaglicht en daardoor heerste er een stemmigheid die wonderwel harmonieerde met die crapauds, met moeder zelf, met vader, zelfs met Peter die niet van een stemmig middelbare leeftijd was, maar met hardnekkige voorliefde grijze pakken droeg. En Jeanne had zich plotseling zeer bewust jong en ongelukkig gevoeld, mal de siècle-achtig, wat haar de tranen bijna in de ogen had gedreven. Was dat om het verraad van Clara, of om de vriend die misgegrepen had naar haar verlangend hart? Of idiosyncrasie, werkt grijs dan op je traanklieren? En Selma's blauwe ogen, ogen die diep in hun kassen lagen en trouwhartig strelend knipperden en nooit wijd sperden, werden plotseling een blauw verschiet.

Soms zijn volkomen willekeurige momenten zo geladen van betekenis dat ze als knooppunten in de herinnering blijven bestaan. Selma keek toen juist haar richting uit, bedremmeld, niettemin een tikje dom en onbeschaamd, en zei: 'Ach, wat word ík daar minder van. En niemand trekt zich al wat van haar aan.' Dat

8

ging natuurlijk over nicht Marie die een breed pad bewandelde.

Jeanne vond het antwoord sympathiek, doordat ze heimelijk die nicht Marie beschouwde als de morele oproerling die aan de eerbare familie een tintje kwetsbaarheid en avontuur schonk: niet al het bloed der Brondags was geronnen tot fatsoen, goddank. En Selma trok partij voor deze nicht, waarvan Peter met studentikoze fatterige neusstem zei: 'Moral insanity.' 'Selma,' zei ze toen en ze wist zelf niet wat haar allemaal wel daartoe dreef, 'waarom vraag je me nooit te logeren?'

Misschien was nicht Marie het medium, misschien was het om Clara, om Johan, misschien alleen maar om dat lamentabel grijs waarin ze zich herleid voelde tot niets, er was in elk geval een hele groep motieven die in haar samenklonterde, verdovend, inspirerend, tot een soort moreel vergif waardoor men tot besluiten komen kan als zelfmoord of, in dit geval, een gijzeling van eigen zelf in een gestorven stad en bij een nicht waarmee je naar je beste weten enkel je familienaam gemeen hebt.

Maar de nicht, ontsteld van blijdschap, ging er grif op in: 'Ga mee, gelijk.'

Van moeders zijde kwam het onvermijdelijke conservatisme dat natuurlijk weer bezwaren vond en het elan van elk besluit te breken wist: en daardoor zat nu Jeanne alleen op de rivierstomer, drie dagen achter Selma aan.

Selma was getrouwd. Haar echtgenoot zwierf drie jaren op zee en was dan ruim een half jaar met verlof. Het was de ideale zeeman, verliefd, royaal, sentimenteel in zijn beginselen en met een gouden bies om zijn pet. Tijdens zijn laatste verlof had hij gedroomd over een zoon en die lag nu te kraaien in een wieg en was alweer zes maanden oud. Selma had de fotootjes van Gertje laten circuleren, daarbij star glimlachend in een vertedering die haar zachtblauwe vrouwenogen niet bereikten – dertig jaar was ze en in haar liefde uitsluitend aangewezen op een kraaiend of wenend jongetje dat net zes maanden telde – een lach echter die zich bevrijdde tot warme vreugde toen ze zei: 'Ga mee, gelijk.'

Ondertussen stond de jonge moeder één van de foto's van haar Gertje af die, toen ze weg was, nonchalant door Peter in de spiegelrand gestoken werd: gelijk hij dat ook op zijn kamer placht te doen. De foto's in zijn spiegelrand vormden een beeld van zijn vervullingen: eerst filmsterren, dan Christus, Nietzsche, Dostojewski, Hitler zelfs; de laatste tijd was het een meisje, Marian, en daarmee scheen een cirkelgang gesloten.

Jeanne nam zich voor, die jonge man, al was 't haar eigen broer, nader te leren kennen als ze terug zou zijn: misschien was het de moeite waard. Hij had het droge, onopvallende, plichtmatige van moeder, maar hij werd verdacht van verzen schrijven en dat geeft een kleine kans op diepe grond in een stil water. Wie weet kwamen ze nog tot een werkelijke en natuurlijke saamhorigheid: dat kan toch tussen twee uit één gezin?

Er moest een gruwelijke leegte in haar zijn dat ze zo dacht, een leegte, gestoffeerd met dom verdriet om een verraad, met een verveelde en onzuivere genoegdoening om een ternauwernood gewenste trouw: Clara, Johan.

Het meisje op de lelijke rivierstomer sloeg toen het boek weer open. Het was Huxley's Eyeless in Gaza, zeker geen reislectuur en zeker niet als je in eigen wereld nauwelijks meer voet had.

Ze herlas de opdracht die Johan in zwierig, sentimenteel handschrift op de eerste bladzij had geschreven: 'Life is beauty, even in misery.' Een troost.

Het was na haar vertrek zijn laatste woord op talloze gesprekken, die ze langs buitenwegen en aan bars van cafetaria's gevoerd hadden. Let wel, zijn laatste woord.

Ze sloeg het boek weer toe en staarde naar een stad in het verschiet. De stad lag klein, gedrongen, toch monumentaal op de rivieroever, juist waar die omboog tot een reep strand: daar was de zee. De dode stad, een westerse editie van een verlaten fort in de woestijn, had heel Europa in de rug en voor de blinde ogen de Noordzee.

En Jeanne Brondag keek. Daar, op de drempel van een wereld en een zee, van het verleden en de eeuwigheid, woonde nicht Selma dus, nicht Selma die, wanneer de zon scheen en je waardeerde gul, aan korenbloemen denken deed. Stel je nu voor dat Selma aan de kade stond en dat het inderdaad niet regende, dat ze haar strooien hoed met bloemgarnering droeg en Gertje in de armen hield. Een tafereeltje dat Johan ontroeren zou: de schoonheid en de liefde als vergankelijke, maar reële troost tegen een achtergrond van wat voorbij is en wat eeuwig is. Johan, je bent een ezel: je bespiegelingen reiken nauwelijks voorbij een ezelssnuit en je gevoeligheden zijn sentimenteel gebalk. Een definitie: schoonheid is het kort aspect vanuit een droom. Maar een kerel, die een beetje moed heeft, zoekt naar waarheid. Waarheid zoeken is natuurlijk moeilijker dan schoonheid proeven: waarheid is een schoonheid die de esthetiek te kijk zet. Maar wanneer je haar gaat zoeken is 't of je een demon in je zelf loslaat, die niets ontziet en die je innerlijk vermoordt. Maar Jeanne Brondag durft meer dan een kerel.

De rivierstomer gleed voor de dode stad, een half ontglansde parel in een woestijn, en de vakantiegangers liepen naar de reling. Jeanne voelde een onverwachte opwinding: de dode stad scheen te herrijzen in schoon en diep-eigen leven en zich te openbaren als voor haar alleen. De brokken stadsmuur waren overwaasd door mos, lieflijk en triest. De verweerde kade, machtig en intiem, sloeg prikkelende geuren uit die honger gaven naar avontuur. Er stonden huizen aan met gevels die alleen maar hun klassieke praal ten toon spreidden om hun romantische omgeving door hun stemmig tegenwicht aannemelijk te maken – voor een Jeanne.

De loopplank was al uitgeschoven. Jeanne greep haar koffer en liep Selma tegemoet. Ze kuste haar en zei: ''t Is mooi van je, dat je me hier een poosje hebben wil.'

Haar gast was in de badkamer. Ze wachtte op haar, door een feestelijke drift gegrepen. De tafel stond gereed, was het niet aardig zo? Er stonden gele rozen tussen het wit porselein, het zilver en de glazen. Haar handen schikten, draalden, schikten nog een keer. Het was toch niet te overdreven zo, niet te intiem? Peinzend, bevangen, mat ze de afstand en de bekoring in dit begonnen samenzijn. Ze ging een nichtje van de boot halen en vond er Jeanne Brondag: een verschil was dat als tussen alledaagse zekerheid en boeiende problematiek. Dat kleine lachje van haar, moe, ironisch, verontrustte haar bij voorbeeld. Zou ze haar dom en onbeduidend vinden? Die stem daartegenover was weer zo aantrekkelijk, zacht en gebroken, edel zou je kunnen zeggen, maar beschadigd. Haar manier van praten was gemakkelijk, beschaafd en nonchalant, juist weer wat Selma moest bewonderen en zelf niet kon: daar staken een beschaafd milieu en goede scholen achter. Met beschaafde mannen kon Selma goed overweg, beschaafde vrouwen lieten merken dat ze in de goede Selma een met moeite overwonnen plebejisme aanvoelden. Ze wist bij voorbeeld zeker dat de oude Peter Brondag haar wel mocht, maar Jeannes moeder maakte voorbehoud. Natuurlijk dwaas, en klein vooral, dat zo iets je toch deerde. Me dunkt, haar huisbestier was up to date en kon een vergelijking met dat van de Brondags glorierijk doorstaan.

Ze wierp nogmaals een blik over de tafel, over heel de kamer, een stil eetvertrek in donker eiken.

Het schemerde, buiten was het donker, bijna herfstig weer. En daarom had ze de elektrische haard half aangeknipt – dat was behaaglijk – en die wierp een zacht en rossig schijnsel uit over de vloer. In de salon had ze oudengels en een gespijkerd kleed.

Jeanne werd ongetwijfeld aangenaam verrast toen ze daar binnenkwam, ondanks dat kleine glimlachje dat om haar mond zweemde.

'Prettig is het hier,' had ze gezegd.

Eerst bleef ze even op de drempel staan en kwam toen langzaam binnen als om er de sfeer te proeven.

'Rustig,' zei ze, 'net wat ik nodig heb.' En, met zo'n lachje en de wenkbrauwen een beetje saamgetrokken: 'Ik ben moe.'

Ze meende het, of niet. Ze had, als je het goed nam, iets van Marie, hoewel Marie veel mooier was, en slechter ook. Maar in het slechte zat toch juist de overeenkomst. Jeanne had, hoewel onschuldiger, hetzelfde slechte, of gevaarlijke, hoe zou je 't moeten noemen?

Toen, met een vluchtig en bescheiden oog langs de discrete wandversiering: 'Werkelijk, een mooie kelim, en een mooie ets.' En, om de oude Brondag niet te loochenen: 'Mag ik?' en zelfs voordat ze zitten ging voor een kop thee, inspectie van haar boekenkast. Die mocht er nu toevallig zijn, het dienstmeisje was daarin overwonnen, en volkomen.

'Axel Munthe,' zei ze met slordige willekeur, 'hou je van Axel Munthe, Selma?'

'O ja, bijzonder,' was het antwoord.

'Ach,' zei toen die zachte stem, 'hij is zo mooi, maar zo verwaand, zo grenzeloos verwaand, is je dat niet opgevallen, nicht?' Het meisje bracht twee kopjes thee. Selma had nu spijt dat ze dat meisje geen mutsje dragen liet, zoals dat in gedegen deftige families moet.

'Waar is "het Gertje" nu?'

'Kom mee,' zei Selma en vertoonde haar het Gertje. Peinzend boog die Jeanne zich over de wieg. Er was toen geen ironisch lachje, evenmin vertedering. Selma merkte alleen op hoe blank en glad slaap en wang van het meisje waren, zelf was het nog een kind. De baby sliep en hield een kleine gebalde vuist tegen het kinnetje gedrukt.

'Ik wil dat handje pakken, die garnalenvingertjes,' zei ze.

Selma knikte. 'Hou je van kinderen?' Ze greep het handje en vouwde het omzichtig open.

'Van alles en van niets hou ik,' zei ze en lachte toen geamuseerd en excuserend, weer met die grappig saamgetrokken wenkbrauwen.

Het Gertje was ontwaakt, het keek haar pal in de ogen met klare lege blik.

'Hij ziet me en hij ziet me niet,' zei ze met zachte stem, vouwde het handje weer behoedzaam dicht en legde het terug, 'vind je het erg dat hij nu wakker is?'

'Neen, hij slaapt zó weer in, hij is niet lastig, niet verwend, na het diner komt hij pas aan de beurt. Wil je nu eerst een bad nemen?'

'Mijn hartewens geraden,' zei ze en ze schoof de kinderkamer uit, waarderend de vrolijke kleurige platen aan de wand aantikkend.

'Ik heb zo'n idee,' zei Jeanne, 'dat je me verwennen wil.'

Ze keek haar gastvrouw over tafel aan, zag hoe ze strelend en trouwhartig, en nu ook gevleid, de werkelijk wel mooie blauwe ogen neersloeg, en vervolgde: 'Zo verwennen, dat ik ongeschikt zal worden voor het harde leven dat me wacht.'

'Jij een hard leven?'

Selma schoof de fruitschaal toe en merkte op hoe smal de hand was die een keuze deed, een smalle hand met korte kinderlijke nagels.

'Zeer hard,' zei Jeanne, 'want dat eindexamen doe ik niet voor een tweede keer, dus is studeren uitgesloten, dus zoek ik een baantje; daar ik niets kan, draait dat natuurlijk op een hondebaantje uit. Weet je bijgeval zo'n hondebaantje voor je niet?'

Selma keek haar beduusd en ongelovig aan. 'Neen,' zei ze langgerekt, bezeerd, 'je fopt me, mag je dan niet van thuis?'

'Integendeel, huishoge ruzie, juist omdat ik mag en het niet wil.'

Tartend keek ze de blonde Selma aan: 'Wat denk je daar wel van?'

'Ik weet het niet,' zei die onzeker. Toen, met schroom: 'Je bent niet dom, natuurlijk niet. Een jongen?'

In de ogen van het meisje kwam een flits van spot. Geen jongen dus.

Met nog meer schroom: 'Een leraar dan?'

Toen lachte ze, zodat haar iets te grote blanke tanden zichtbaar werden. 'Selma, je hebt fantasie.'

'Te veel,' zei die trouwhartig, 'veel te veel.'

Jeanne boog zich naar haar toe: 'Vertel je me vooral wat je wel fantaseert?'

De stem was weer gebroken en zo vleierig als van een kind, maar de ogen bleven glanzen in een stille lach.

'Niet als je met me spot,' zei Selma zwak.

'O, neen.' Jeanne strekte beminnelijk de hand over de tafel uit en Selma stak de hare toe. 'Ik spot nooit met fantasie,' bezwoer ze innig en grootogig, 'hoogstens met principes, heb je die?'

Selma dacht daar ernstig over na. 'Neen,' zei ze toen trouwhartig, 'daar ben ik te dom voor, denk ik haast, behalve dan dat ik in God geloof, of is dat geen principe?'

Jeanne bekeek de hand die in de hare bleef, een brede, goedige, banale hand. 'Neen, dat behoort nog tot de fantasie.' Ze trok de hand terug en las toen in de Selma-ogen een duel tussen bevreemding en bekoordheid.

'Fantasie?'

Jeanne lachte geruststellend: 'Ja, maar dan de edelste die denkbaar is.'

De bekoordheid won. 'Heel mijn leven,' zei ze toen gevoelig, 'heb ik al gefantaseerd, een dubbelleven is dat in twee werelden, ken je dat ook?'

'Heel goed,' zei Jeanne, 'met één been op aarde en met 't andere in 't paradijs.'

Toen kwam het meisje afruimen. De nichten gingen de salon binnen. 'Vind je het niet kil?' De blonde schoof de zijig-donkerharige een stoel bij, deed ook hier de haard half aan, trok de gordijnen voor de vensters en zei opgetogen: 'Wat zijn we afgedwaald in ons gesprek, hoe is het mogelijk.' Bijna met wrevel wist ze dat ze nu nog eerst voor Gertje moest gaan zorgen. 'Ik ben zo terug,' zei ze en wierp haar gast een afscheidsblik toe waarin duidelijk te lezen stond hoe node ze de conversatie onderbrak.

Jeanne zat voorover in haar stoel en staarde op de twee horizontalen gloeiend ijzerdraad, die warmte uitgutsten over haar voeten.

'Misschien wordt het toch geen debâcle,' dacht ze dromerig, 'die goede Selma; juist doordat er geen contact is, geen kritiek, geen tegenspraak, geen tribulatiën. Dat geeft je een gevoel alsof je droomt en slaapwandelt zonder gestoord te worden.' De realiteit lag in een ander wereldruim, het ouderhuis lag eeuwen ver achter een duistere rivier, een Lethe van vergetelheid. Ze voelde zich alleen en koesterde een vage weldoende nostalgie. Ze hield van thuis en met een liefde vol heimelijke tederheid, maar die ze harteloos verried in haar kritiek. Haar moeder nu; een koppige eigengereide vrouw, dat wist ze zeker, maar het leven was zo klein en klaar voor haar dat ze er, onbewust natuurlijk, soms de hersenschimmige problemen van haar dochter mee verjoeg. En vader dan; een zwakkeling die zeker meer had kunnen zijn dan leraar op een h.b.s., maar hij had humor en ontzaglijk aardig krullend haar. En Peter was nu doctorandus in de Franse taal, speelde voor onbeduidendheid, dat zover ging dat hij zich met een Marian verloofde, die hij als zijn leerlinge aan een van die vulgaire avondinstituten, waar hij lesgaf, had ontmoet; maar Peter had toch die bekoring dat hij misschien niet onbeduidend was, of slechts eenzijdig onbeduidend.

Jeanne leunde achterover, schatte de Selma-salon en mat er haar thuisgevoel: werd ze door de dingen hier aanvaard, stonden haar voeten zelfvergeten, ongedwongen op het wollige tapijt, leunde haar moede rug in deze schandelijk gemakkelijke stoel alsof het leunrecht onbetwistbaar was? Bijna van wel.

Het meisje klopte weer bescheiden aan en bracht de koffie.

Toen de deur achter het meisje sloot, stond Jeanne op en ging de kennismaking met de vriendelijke kamerdingen voortzetten. De kelim kwam uit Singapore, de ets stelde een hoekje van Montmartre voor. De oude Gert had overal aan zijn blond vogeltje gedacht, in Singapore en in Parijs, en zijn cadeaus vormden een gouden kooi. Toen nog eens naar de boekenkast. Ze keek over de plank van Axel Munthe heen, dat was de pronkplank waar zelfs poëzie prijkte, een poëzie van zestig jaar terug. Maar lager was de werkwinkel, de waarheid. Zie toch, boekjes van vulgaire instituten, Engels en Frans, blijken van een even groots als kinderlijk verlangen naar ontwikkeling. Die brave Selma, ik ga van haar houden.

Het object van deze nieuwe liefde kwam toen juist de kamer in. 'Eindelijk,' zei ze, 'het kleintje is geholpen.' Ze zei dat zo bevrijd, zo gretig naar dit samenzijn dat Jeanne zich onmiddellijk verschanste achter haar ironie. Ze bladerde in 't Franse leerboekje en zei: 'Ce sont toujours les petits, Selma, qui nous font peine.' Selma lachte overbluft, zonder begrip, bewonderend en vriendelijk.

Ze voelde zich sultanisch eenzaam en verwend. Haar favoriet had schemerlicht gemaakt, een schaal bonbons tussen haar beiden ingezet en zat nu op een poef, wat lager dan haar gast, en wachtte. Maar ze negeerde dat, drong zich nog luier in haar stoel en zweeg.

'Hoe zat dat dan,' vroeg Selma eindelijk en met gepaste schuchterheid, 'waarom wil je dan niet studeren?'

Jeanne keek met spleetogen een soort nirwana in en luisterde aandachtig naar de stilte. Buiten ging geen sterveling voorbij. De brede straat achter de zwaarbegordijnde vensters had zich verruimd tot een woestijn. Hier in dit tijdelijke kamp was warmte, liefde.

'Of vertel je het liever niet, heb je geen zin?'

Ze keek haar gastvrouw aan alsof ze ontwaakte en glimlachte verontschuldigend. 'Het is zo'n dom onmogelijk verhaal,' zei ze, 'en niet meer actueel.'

'Voor mij toch wel,' zei Selma en ze schoof in gretige en vleierige onderdanigheid de schaal bonbons naar Jeanne toe. Al zou het zijn doordat ik aanleg voelde voor dievegge of prostituée, dacht ze, ze zou me willen liefhebben en doen alsof ze me begreep. Terwijl ik toch alleen maar weiger me te verzetten tegen mijn lot: ook als ik dat vertel, zal ze natuurlijk doen alsof ze me begrijpt.

Ze knabbelde nadenkelijk op een bonbon. Wat zou een sultan, in de woestijn en in het tijdelijke kamp der liefde van een favoriet, wel doen? Zou hij wel ooit de

waarheid tot gesprek verlagen in het willekeurige contact met een dier honderd vrouwen, die hij vorstelijk
tot zijn beschikking onderhoudt? Natuurlijk niet, hij
zwijgt of zwetst. Een zéér groot sultan, wie de waarheid als een grafzerk op de ziel ligt, wentelt die eraf
met de geheime kracht van een of ander oosters para-
bool. Hij kijkt met een verdroomde blik, vertelt een
sprookje dat als een parfum verdampt, wordt niet begrepen en behoeft daarna de nog dieper vereenzamen-
de troost der zinnelijke liefde.

'Luister,' zei ze desondanks en keek alsof ze afstand
mat. Haar blik vond redeloze fanatieke sympathie.
Was het hier de vraag hoe ze het zou vertellen? Als
een sprookje, of in onvervaarde zelfontleding?

'Luister,' zei ze en ze keek langs de gespannen blik
van Selma heen, 'het kwam door Clara, Clara van
Dort. Een tamelijk klein meisje, met een rijp figuur,
met altijd om zich heen een geur van bloemenzeep,
met dik bruin haar, met donkere melancholieke ogen.
Mies Lindeman was haar vriendin. Maar Mies was
lelijk, hard en bekrompen, iemand die nooit zonder
reden huilen zou of blindelings zou kunnen liefhebben.'

Ze dacht even na en glimlachte. 'Houd me ten goede, maar dat van dat huilen en dat liefhebben heb ik
met haar gemeen, al is het anders.'

Selma knikte aarzelend, maar zei toen iets waardoor Jeanne het schaamrood op de wangen kwam:
'Dan is het zo, dat zij 't niet kan en jij 't niet wil.'

'Tussen Mies en Clara,' vervolgde ze, hardnekkig
langs haar heen starend, 'kwam een verwijdering,
door mij. Clara liep na schooltijd met me op. Ze had
een vreselijk beroerd rapport en durfde maar ternauwernood naar huis. Thuis waren ze erg kerks, haar vader was nog strenger dan de wraakgod die hij vreesde
en aanbad. Zo kwam het dat ze eerst met mij mee-
ging, en op mijn kamertje vertelde ze dat ze verliefd

was op haar neef Cornelis Jan, en hij op haar, en dat het daardoor kwam dat ze zo slecht gewerkt had. Cornelis Jan was met verlof uit Indië en woonde bij mij in de buurt op kamers. Hoe het kwam, ze wist het niet, maar mij durfde ze alles zeggen, van haar spijbelen van school, van bang gestolen uren en verliefde en vertwijfelde ontmoetingen. Ik moest hem zeker leren kennen, die Cornelis Jan. Hij was volmaakt, behalve dan dat hij de godsdienst uit het oog verloren had. Dat, en het feit dat hij haar neef was, zou bezwaren geven als ze wilden trouwen.'

'En ze trouwden niet, natuurlijk,' merkte Selma op, mismoedig, met een levenswijze glimlach.

'Neen,' zei Jeanne, keek haar even aan en ging toen verder. 'Het werd zo, dat ik bij Clara thuis ging vragen of ze samen met mij op m'n kamertje studeren mocht. Haar familie loerde me wantrouwend en vijandig aan: ze waren diep ontsteld dat Mies het niet meer was, zo'n degelijk flink meisje, van dezelfde kerk vooral.' Hier trok ze een spottende grimas. 'Totdat de vader, iemand die zijn boord achterstevoren droeg, plechtiglijk zei: "Voordat mijn dochter ergens komt, wens ik te weten waar. Misschien wil je wel aan je vader vragen wanneer ik kan komen kennismaken." Dus dat heer besmette daarna een half uurtje onze atmosfeer. Hij had het, hoe hij erop kwam is me tot heden nog een raadsel, over opvoeding en tucht, en over het feit dat hij de Heer vreesde en zijn kinderen dezelfde angstpsychose trachtte aan te doen. En vader Brondag keek bedenkelijk, beleefd en knikte hoofs instemmend, kuchte mannelijk en krabde, wat hij altijd doet als hij nerveus is, roosjes los tussen zijn krullen. Maar de baan was vrij. Een keer per week kwam Clara werkelijk en minstens vier keren per week zat ze op mijn verantwoording bij neef Cornelis Jan.'

'Neem toch bonbons,' zei Selma, 'en Cornelis Jan, wat was dat voor een type?'

Jeanne at van de bonbons, en dacht erover na. 'Een grijsaard van een jaar of vijfendertig,' zei ze toen uitdagend, 'met een pracht kunstgebit, spaarzaam van hoofdhaar, bleek van tint en Indisch zoet van geur en het geheel in een gebloemde kamerjurk.'

'O kind, schei uit,' zei Selma en borg lachend het gezicht in beide handen. Jeanne keek daarop aandachtig peinzend naar het prachtige opzichtig-blonde haar. Er was beslist in haar moraal iets dat daarmee correspondeerde. Dat het moeilijk was geweest en strijd gekost had om te willen meedoen aan dit heimelijk, luguber avontuur begreep ze niet als zij het niet vertelde: dat haar knieën knikten evenmin, en evenmin dat ze haast misselijk van onbehagen werd toen ze daar in die kamer tussen sarongs, waaiers, boeddhabeelden stond en op het kale en perverse hoofd keek van Cornelis Jan die wulps haar vingers kuste, zeggend: 'Dank je, dank je, zonder jou was onze liefde ongelukkig.' 'Ongelukkig zeg ik,' had hij uitgeroepen en zijn arm om de gevulde taille van een bête extatisch Claartje leggend, grijnsde hij verheerlijkt. Hij schonk wijn en brandde wierook, danste met zijn Claartje, danste met onrustig onderlijf en leeg verglaasde blik. Daarna zaten hij en Claartje naast elkander op de divan, Claartje als een zoutzak en met bronstige melancholieke diereogen. En Cornelis Jan hield een gebloemde arm om zijn geliefde, rookte en hield sensuele en geaffecteerde voordrachtjes over de vrouwen.

Jeanne nam vroeg afscheid, liep naar huis en vroeg aan straatstenen, gevels en lenteavondlucht wat ze in dit geval aan de moraal verschuldigd was. Toen ze in bed lag kwelde haar het beeld van de ongure Cornelis Jan die zich als een verraderlijke wrede spin op een insektje stortte, een weerloos dom insektje, Claartje van Dort. Wat moest ze doen? Ze voerde tot laat in de nacht een strijd die even kenmerkend voor haar wezen was als hopeloos en zonder kans op een beslissing: strijd tussen onpartijdig scepticisme en partijdige moraal.

'Toen Clara daarop bij me kwam,' vervolgde ze – en Selma hief het gezicht waarop de lach verstilde uit de handen – 'wou ik zeggen dat naar mijn bescheiden mening die Cornelis Jan niet aan het ideaal beantwoordde dat ik me voor haar had gevormd. Maar Claartje was me voor, ze zei: "Ik weet het, hij bevalt jou niet, ik zag het aan je ogen." En ze sloeg de armen om me heen en huilde smekend en hartstochtelijk: "Maar hij is goed, heus waar, hij heeft een goed karakter, en hij is zo lief voor me." "Stil maar," zei ik, "tenslotte is het enkel jouw zaak." Dankbaar was ze toen, zo dankbaar dat ze niet meer huilde, dat ze me niet meer omhelsd hield, maar met schroom mijn hand greep en beschaamd en zwijgend voor zich kijken bleef. Op dat moment dacht ik,' zei Jeanne zwak, 'dat er een vriendschap tussen ons geboren was.'

Selma keek haar schuchter en verwonderd aan. Ze meende dat die ogen tegenover haar vochtiger glinsterden dan anders. En ze zag hoe weerloos en naïef die mond zonder ironisch lachje was.

Jeanne bleef stil voor zich uit staren: Claartje van Dort zat tegenover haar, zwijgend, met neergeslagen ogen. Die ogen waren melancholiek van vorm, erboven stonden twee donkere zuiver gepenseelde wenkbrauwsikkels. Ze vond haar lief en mooi, en die verslingerdheid aan neef Cornelis Jan bezeerde haar toen op een wijze, zo duister en zo wrang als nooit tevoren. Om zich zelf te overwinnen, of te verschansen, trok ze de hand uit Clara's greep terug en zei toen, scherper dan ze wou: 'Hoe klaar je dat nu eigenlijk met je geloof?'

'Wat denk je dat ze antwoordde?' vroeg ze aan Selma.

'Ach, godsdienst heeft zo weinig met het werkelijke

leven uit te staan.' En Selma bloosde lichtelijk. 'Als er een God bestaat, wat ik geloof, dan weet ik zeker dat hij niet veel méér van ons verwacht.'

'Maar zij,' zei Jeanne fel, 'zij heeft een wraakgod, die haar als verdoemelinge heeft geschapen. Heel haar leven is een boete van de erfzonde, vergeet dat niet. Hoe klaar je dat dan met zo'n zinnelijk festijn als zij heeft met Cornelis Jan?'

Selma dacht dat ze die Claartje zwak verdedigde toen ze aarzelend antwoordde: 'Maar ze is ook nog vrouw.'

Claartje, onbeweeglijk, in haar aureool van bloemengeur, had schaamteloos beweerd, met schromende bewogen stem: 'Misschien ben ik de uitverkorene om hem aan God terug te geven.'

Selma knikte met verraste instemming alsof ze dacht: dat klinkt me als een vrijbrief door God zelf geschreven.

'Mensen met een God,' vervolgde Jeanne bitter, 'zijn vaak minder ernstig dan degenen die het zonder doen.' Schonk zij haar hart niet weg geheel op eigen risico, eigen verantwoording? Maar Claartje had haar goddelijke handlanger die ze devoot betrok in alles wat ze ondernam en die haar vrijstelde van alle eenzame verantwoording.

Juist drie weken voor het examen kwam de catastrofe. Vader Brondag had vader Van Dort ontmoet en hem onbevangen meegedeeld dat eens per week hun dochters in de beste eendracht onder zijn dak vertoefden.

'Mijn God,' zei Selma.

'En de dag daarop verschenen vader van Dort en een volkomen vernietigd Claartje dat al volledig had bekend. De scène, tragikomisch, die ze kwamen opvoeren, was slechts om af te rekenen met mij. "Clara," nodigde haar vader koel. Clara richtte een gedoofde blik op me en zei: "Ik heb erg spijt dat ik mijn ouders heb bedrogen en een handlangster voor een vriendin aanzag." Toen brak haar stem echter, ze huilde bevend met het gezicht verborgen in de handen. De misère die van ouderswege losbrak, laat ik achterwege. Vader krabde verlegen in zijn haar en vond me onverstandig, moeder wenste zich voor me te schamen, maar was in haar hart ziedend op Clara die ze nooit recht had vertrouwd. Maar 's avonds op mijn kamertje had ik alleen maar een gevoel van ongeduld en mooie zekerheid. Morgen zou ik haar weer zien, alles zou met één blik van verstandhouding weer goed zijn.' En ze droomde met de ogen open. In haar kamertje was het al nacht, maar voor het venster stond een kobaltblauwe lenteavond. Morgen zouden ze elkander weerzien. In de omlijsting van de dag die komen zou ontmoette ze steeds weer dat blanke prachtige gezicht, die ogen vol schromend vertrouwen; fantaseerde ze wel twintig oplossingen voor haar om dan in diepe innige verstandhouding gearmd te lopen, Clara's hand beschroomd dicht bij de hare.

'Maar toen ik haar weerzag, liep ze gearmd met Mies. Ze keek me strak voorbij.'

En 's avonds ging ze naar Cornelis Jan. Die zei: 'Natuurlijk heeft papa van Dort gelijk.' Hij wilde graag getrouwd terug naar Indië, dat was een feit, maar met een nichtje dat dan bovendien gereformeerd was, neen. Ze had niets gezegd, alleen maar koud geglimlacht en was weggegaan. Maar buiten had het haar volledig overrompeld: Claartje had haar enkel maar geëxploiteerd, en had haar niet meer nodig.

'Verraden voelde ik me,' zei ze zacht.

Selma keek haar met deernis aan. Het was wel duidelijk dat ze zich zelf even vergeten was: ze staarde met klaaglijke blik op het tapijt, grijs met oasisch blauw: ze had het typische smachtende gezicht van iemand die niet op kan tegen het verguisd verlangen van z'n hart. Zo had ze toen drie weken lang, als ze alleen was, zitten staren, zich kapot wachtend op Clara, die niet kwam, die niet met blank gezicht, melancholieke ogen en beschroomde greep haar van de wonde der verguizing kwam genezen. En ze dacht: Nu heb ik werkelijk verdriet. Soms wou ze kwaad zijn, koud en kwaad. Dat lukte zelden, doordat ze zo ontzettend eenzaam was. Het leek alsof de wereld altijd kouder was dan zij, de liefdeloosheid die ze ondervonden had altijd boosaardiger dan haar rancune. Ze voelde zich verguisd, alleen en ongelukkig. Ze ontdekte dat ze hopeloos romantisch lijden moest onder een plat verraad. Als ze naar school ging, pantserde ze zich met koele ironie. Ze zág Clara niet eens. En ze wist niet hoe blank, hoe liefelijk ze zelf wel was, met in haar jong gezicht de hongerige ogen en een afwijzend spottend lachje om de mond. Johan, die zag het wel. Na school bracht hij haar tot haar deur. Ze constateerde bitter dat ze met kritiek en ironie een overgave won, die ze niet met een offervaardig hart had kunnen winnen. Blij kon ze daarom juist met hem nooit zijn, alleen wat minder eenzaam en een beetje triomfantelijk.

'Nooit had ik kunnen denken dat Clara zou slagen en ik niet. Maar het gebeurde. En Johan volgde mijn treurig voorbeeld en verbeeldt zich dat ik, zoals hij, terugkom. Maar ik doe het niet. Ik weiger, me tegen mijn noodlot te verzetten. Mijn noodlot heeft me eenmaal uit het spoor gewipt. Daar ga ik, uitgespeeld, verraden en verguisd. Dacht je dat ik mijn leven zou beginnen met een schouderophalen over verraad om dan met half vertrouwen halve verzoeningen te vinden?'

Jeanne huilde, niet pathetisch, maar ternauwernood, met een enkele niet te bedwingen, maar vlug weggestreken traan.

Selma stond op, Selma durfde soms veel, sentimenteel en argeloos. Ze greep dat jonge trotse gezicht tussen de handen, kuste de oogleden, de wang waar die week en gevoelig in mondhoek overging en zei: 'Ach, hield je maar van mij.'

Dat bleek precies wat er gezegd moest worden. Jeanne voelde zich ontzaglijk lief bejegend, en ontwapend. Ze liet zich willig koesteren, legde een hand op dat zachtgeurige zachtblonde Selma-haar en zei: 'Ik hou van je.' Bij wijze van plechtige afsluiting sloeg de pendule twaalf.

Op een keer, bij nicht Marie, had Selma een ervaring opgedaan, die haar voorgoed zeldzaam aan haar gebonden had. Waarom moest ze daaraan juist nu weer denken? Selma sneed blokjes kaas en maakte sandwiches, en koffie. Jeanne lag lui in haar stoel. Ze voelde zich volkomen bij haar thuis. En vroeg: 'Selma, voel je je vaak alleen?'

'Minder dan eerst,' antwoordde deze, en zonder inleiding: 'Marie is veel voor me, veel meer dan jullie weten. Soms ben ik er een hele dag, vaak schrijf ik haar, maar zij mij niet, daar is ze eenmaal te gemakzuchtig voor.'

Het decor had zich gewijzigd ondertussen. Selma had schemerlicht gemaakt. De wijzerplaat van de pendule glom in het zachte schijnsel, de grote meubels waren groter, zwaarder, donkerder geworden en de stilte buiten zonder grens.

'Hoe is Marie?' vroeg Jeanne stil. Selma voelde groot verlangen om te praten, innig, roekeloos, precies zoals ze dacht. Haar blauwe ogen glansden als in roes. Ze keek smachtend en blij naar haar zo lieve gast.

'Je lijkt op haar,' zei ze en nogmaals moest ze er haar enthousiast op aankijken. Zoals ze daar lenig en lui in die stoel gedoken lag, was ze Marie.

'Marie,' zei ze, 'kan uren op haar divan liggen, mooi als een sultane, in een zijden kleed met geborduurde rozen, en haar gladde zwarte haar achter de oren, en haar mond en wenkbrauwen geschminkt, en haar nagels puntig, rood, en lange fonkelende bellen in de oren.'

Jeanne trok de wenkbrauwen bedenkelijk omhoog: 'En lijk ik dan op haar?'

'Je hebt hetzelfde mooie, en jouw stem is mooier zelfs,' zei Selma wankel. 'Ach, kon ik het toch maar beter zeggen.' En ze zweeg even en luisterde naar de herinnering. Ze hoorde een gemakkelijke gladde stem die zei: 'Ik hou van hem, natuurlijk. Waarom zou ik niet? Omdat hij me niet trouwen kan?'

Selma had het portret van een veel oudere man weer neergezet en roekeloos geantwoord: 'Neen, omdat hij oud is en jij jong en mooi.' 'Maar hij is rijk en goed.' Marie lachte stil met ogen vol onbeschaamde pret. 'Ze gaat haar eigen gang,' zei Selma alsof ze 't gevonden had, 'en daarin lijken jullie op elkaar. Ze weet enorm veel van zich zelf en anderen, dat heb jij ook. En jullie lijken op elkaar als vrouw. Of neen, wat zeg ik, jij bent toch een meisje.'

Jeanne glimlachte bedaard. 'Ik ben net negentien, en moeder was met negentien getrouwd. Maar moeder is nu vaak nog onvolwassener dan ik.'

'Marie zou zeggen, ze is primitief,' zei Selma, 'primitief, dat ben ik naar haar zeggen ook.' Ze zweeg en dacht daar even tobberig op door. Ze kon zich niet ontveinzen dat het haar gekwetst had. Tegelijkertijd was ze zo dankbaar, zo bevrijd na dat gesprek die dag, dat die kwetsuur niet gelden kon. Maar desondanks vroeg ze: 'Vind jij dat ook?'

Jeanne ging daar koket op in: 'Hoe kan dat als je mij begrijpt?'

Niet gevoelig voor dit veelbetekenend ontwijken van rechtstreeksheid, spon Selma verder: 'Als je wist, Jeanne, hoe moeilijk ik het hebben kan. Ik heb mijn eigen strijd gekend, mijn eigen evenwicht gevormd, al heeft ze me geholpen.'

'Zeker,' zei haar gast, die brandde van verlangen naar meer over die Marie, die uren op haar divan liggen kan, iets van zich zelf begreep en op haar leek.

'Ik was er eens,' zei Selma peinzend, 'en toen zat ze voor de kapspiegel. Dat duurde uren. Uren was ze bezig met zich zelf, haar lange zijen oogharen, haar fijne sluike haar, haar mond die werkelijk prachtig getekend is. Maar zo eenvoudig, neen, zo zakelijk en zelfbewust, dat het me niet was opgevallen, dat ik het niet eens nietsnuttig had gevonden. Weet je, Jeanne, wat het is, ze is zich zelf, volkomen.'

Onder 't schminken had ze toen gezegd: 'Zeg Selma, jij hebt vroeger altijd hard gewerkt, is 't niet? Zou je dat soms weer willen, het bed opmaken en de po legen van een mevrouw? O neen? Maar waarom laat je je er dan op voorstaan dat je het hebt moeten doen? Hard werken, is dat een brevet voor het fatsoen? Zeg, hou je van je Gert, je zeeman? Neen, je houdt niet eens volkomen van de kleine Gert. Je houdt van Erik, die je niet krijgen kon, niet om te trouwen dan. Wees eerlijk, is er verschil tussen ons beiden? Jij laat je wettig onderhouden, en ik niet. Maar waarom neem je Erik er niet bij? Misschien ben je dan liever voor de kleine Gert en evenwichtiger, bevredigender voor de grote als hij over jaren weer eens voor je neus staat.'

'Ze is hard,' ging Selma verder, 'ik bedoel dat ze de waarheid aandurft, hard, genadeloos, voor jou, voor mij en voor zich zelf. Maar daar steekt zoveel echt begrijpen achter, zelfs al grieft ze je, dat je daarna wel zo terug zou willen hollen om te zeggen hoe je van haar houdt. Maar dat zou ze juist in geen honderd jaar van je verwachten. Evenwichtig, onafhankelijk is ze tot in haar vingertoppen en ze heeft, als het erop aankomt, niemand nodig. Liefde is voor haar net zo'n verschijnsel als elk ander ook. Ze staat of valt niet met de liefde, zoals vele vrouwen, dat wil zeggen, ze heeft geen illusies die alleen maar desillusie voorbereiden.

Neen, één grote kostbare illusie als een geheim diep in haar hart. Ze weet dat alles half is, klein en tijdelijk. Ze kan gemakkelijk zich zelf, haar liefde en haar goedheid, haar aandacht en haar glimlach schenken, want het is zo weinig. In die glimlach steekt dezelfde ironie van jou, Jeanne, en in haar ogen blijft de honger waarmee je geboren wordt, zegt ze, en eenzaam blijft en doodgaat, honger naar iets groots, volkomens. Weet je, Jeanne, het gewone leven biedt dat grote niet, alleen maar halve, kleine, tijdelijke dingen. Berg de illusie van het volkomene diep in je hart, als een geheim: het blijft een honger, die alle ervaringen in een grotesk of een weemoedig daglicht stelt. Maar toch, leef het gewone leven zo het is, zo eerlijk en zo dankbaar mogelijk.'

Zo had ook eens Marie, voor de toiletspiegel, gesproken, rustig, onverschillig bijna, daardoor juist met diepe overtuigingskracht. Selma, die volkomen uit haar lood lag en haar dubbelzinnige perikelen aan niemand anders kwijt durfde dan aan Marie – omdat Marie was die ze was – had deze woorden in haar ziel gebrandmerkt als een gebed, een toevlucht, een bezwering tegen leegheid, onrust en verkwijning. Sedert dat gesprek had zij Erik hervonden, schreef ze evenwichtiger en liever brieven naar de verre Gert en zorgde ze met een stabieler liefde voor de kleine.'

'Kom,' zei ze, 'nog even naar het Gertje toe en dan naar bed.' 'O jongen,' zei ze met het slaperige kindje in haar armen, 'ik was blij,' ze legde haar gezicht tegen het kopje van het kind, 'dat hij moest komen toen zijn vader weer vertrok. Een vrouw alleen, wanneer een man voor drie jaren vertrekt, dat is geen band.'

In de slaapkamer leunden ze nog even aan het open venster. Het was droog buiten, kil en bewolkt. Er was een maan, romantisch, waarlangs zware wolken trokken. Bomen ruisten onder een flakkerende wind. En in de verte lag de zee. Selma legde vertrouwelijk een arm om Jeanne heen. 'Soms stond ik hier uren te kijken en te dromen,' zei ze stil, 'als ik alleen was, dacht ik met een boos en zeer verlangen aan zijn thuiskomst. Maar als hij er was, verlangde ik weer naar mijn eenzaamheid. Die dingen heb ik nu diep in mijn hart geborgen, anders ben ik ongelukkig. Leven bij de dingen die er zijn, dat is het enige.'

Ze ging zich uitkleden, en Jeanne ook. 'Ik vind het toch zo heerlijk dat je bij me bent,' zei Selma spontaan. Ze leek heel jong in haar blauw nachthemd. Toen sloeg ze de dekens van het brede tweepersoonsbed open en vertederd lachend keek ze toe hoe Jeanne zich daarin vlijde. Ze deed het licht uit en het was bijna volkomen donker. Jeanne voelde haar toen ook in bed stappen en in het donker greep ze Jeannes arm. Gearmd lagen ze samen het donker in te staren, Selma met een blije hunkerende glimlach, Jeanne eenzaam en een beetje triest.

'Ik ben altijd alleen,' zei Selma zacht, 'daarom, nu kan ik praten. Heb je al slaap?'

'Natuurlijk niet.'

'Vroeger,' zei Selma, 'ik weet niet hoe ik het zeggen moet, maar vroeger was dat brede bed mijn eenzaamheid, mijn angst. Ik lag zo vaak te huilen... Overdag, als ik maar bukte, hoestte of luid zong – om die vreselijke stilte in me te verdrijven – sprong het bloed m'n neus uit. Toen ik naar de dokter ging, zei deze dat hij een middel wist: een minnaar, hem. Ik voelde me vernederd, zó, dat ik zelfs toen ik bij Marie aankwam, nog huilen moest. Zij lachte, maar niet zo dat het nog dieper griefde, maar vertroostend, kalm. "Voel je niet vernederd," zei ze, "het is alleen doordat je jong en onbeschermd en aardig bent." Ze glimlachte, streek met een fijne hand over mijn haar en noemde Erik...'

Jeannes arm lag roerloos in de hare. Zacht, bijna onhoorbaar, ging haar adem. Selma kon nu denken, dat ze nog alleen was, dat het smalle meisje naast haar er niet was, of sliep.

'Jeanne,' zei ze zacht. Jeanne kon niet antwoorden. Ze lag met open ogen en een strakke mond. Ze wist nu dat ze alles horen zou, wat er in Selma aan geheim leefde. Ze wist nog niet of ze dat weten kon en toch van Selma houden. Durven, dacht ze en ze antwoordde met een gebaar. Ze schoof haar hand in die van Selma.

'Vroeger was hij hier, 't is hier een kletsgat, maar nu woont hij in de stad. Daar komt hij altijd in hetzelfde restaurant. Ik had hem zó gevonden. Jeanne, toen wij elkaar zagen... Altijd is het zo geweest, ook vroeger al. Hij was de eerste. Goed vijf jaar geleden, na een bal. Hij bracht me niet naar míjn huis, maar naar 't zijne. Hoe is 't mogelijk, dat zo iets onvergetelijk, gewoonweg niet te overkomen is. Ik moet er niet aan denken...' Selma's arm spande krampachtig om de smalle koele arm van Jeanne, Selma's handpalm lag warm en bestoven in de hare.

'En ik kon hem niet vergeten. Weet je, hoe ik in zijn arm lag, met mijn schouder in zijn hand. Als ik mijn ogen sluit, ruik ik zijn haar... 's morgens vroeg, daarna, liet hij me zachtjes uit. Zijn ouders en zijn zuster sliepen boven. En we slopen als een dief naar het portaal. Daar zoende hij me nog alsof hij dat die nacht nog niet gedaan had. Daarna liep ik buiten en ik was voorgoed verloren... Zie je, hij moest voor zijn ouders en zijn zuster zorgen, daarom dacht hij niet aan trouwen. Maar in waarheid heeft hij er geen zin in. 't Is een vrijbuiter. Toch is hij gek op me, en ik op hem. Ik vraag me weleens af of hij nu toch niet blij zou zijn als Gert eens niet terugkwam. Gert is goed, die houdt zo eerlijk van me, maar de nachten hier met hem heb ik zo vaak stiekem gehuild. Ik voelde me zo arm en ik verlangde zo verbeten naar de ander. En ik vroeg me af of ik wel wijs gedaan had met dit huwelijk. Maar Gert wou en zou. En Erik zou trouwens

31

geen man zijn om te trouwen, die haat elke band en wil alleen maar kameraden en een minnares, geen vriend, geen vrouw. Vaak is hij wrevelig, doordat hij van me houdt, wat hij niet wil. Hij wil het niet, maar doet het toch. En hij omhelst me dat het pijn doet. En daarna ligt hij stil bij me, met zijn arm onder me door, zijn hand vast om mijn schouder, zijn gezicht tegen het mijne, zo een hele tijd, en dan omhelst hij me weer dat het pijn doet...'

Buiten scheen de lucht van wolken schoon geveegd en was niet duister meer, maar kobaltblauw. Er moest ergens een maan zijn, groot en mat stralend, als de aureool van deze stille, zinnelijke nacht.

'Jeanne,' zuchtte Selma, 'jij en Marie, maar niemand verder weet het nu.'

'Ik zal het nooit vertellen,' fluisterde een moede en gebroken stem, 'dat moet je toch wel weten.'

Selma legde even het gezicht tegen dat van Jeanne aan en kuste haar.

"'s Avonds voor ik slapen ga, droom ik van hem,' zei ze. Toen keerde ze zich op een zij. 'En ik droom steeds hetzelfde,' fluisterde ze nog, 'steeds maar hetzelfde...'

Jeanne luisterde nog lang naar de gezonde diepe ademhaling naast haar. Overrompeld, moe, zonder gedachten lag ze daar en luisterde. Dan zwierf haar blik weer door die vreemde slaapkamer, waar duisternis, hier en daar aangestipt door glimlichten, stond opgetast. Ze luisterde, gedachteloos. De wind was stil en in de verte was de zee. Opeens ontdekte ze, dat er een wereld in haar was die ze niet baas kon. Het was een labyrint, er doolden mensen in zo eenzaam als fantomen, zonder herkomst of bestemming. Wat deed Peter hier? Marie lachte ironisch, zoals zij. Die overeenkomst haatte ze. Waarom? Marie was plotseling verdwenen en niet meer terug te vinden in het labyrint. Smachtend en verbolgen liep ze nu achter Peter aan, om klaarheid, steun, want ze verdoolde. Maar die bleef onwrikbaar in de plooi, kalm van gebaar, en zei: 'Moral insanity.' Toen vond ze in zijn handen een gedicht: het ging over de liefde, eenzaam en verdroomd, maar Marian, zijn liefde, stond daarbuiten. Selma lachte teder met een ziekelijk dofwit gebit en stralend blauwe ogen, en verdween. Wie was nu Erik? Niemand scheen er verder weg en onherkenbaarder.

Toen huilde Gertje even in de slaap, heel kort en zwak. Dat vaagde heel het labyrint, alle fantomen weg. Ze lag hervonden, eenzaam, droevig in het vreemde bed, met naast haar een naïeve en corrupte vrouw die vredig op het drijfzand van haar dromen sliep. En om haar heen stonden wat glimlichten als dolkstoten op duister, ondoorgrondelijk decor. Ze merkte niet dat ze in slaap viel, plotseling, alsof de duisternis een sluipmoord op haar moede ziel volvoerde...

Toen werd het morgen. Er scheen zon naar binnen en de vroegte was zo pril, zo zonnig en zo jubelend dat die op een preludium leek van een feest. Ze lag met het gezicht naar het open venster: zon en blauw en vogels eerst, en daarna de natuurlijke verrukking van het eenzaam en spontaan ontwaken. Ze lag roerloos, in geraffineerd beperkt bewustzijn, met de ogen open, en slechts langzaam kregen alle dingen vorm en slagschaduw. Toen zelfs de vilten stap van het meisje in de eetkamer een feit werd, keerde ze zich pas voorzichtig om. Ze hervond Selma slapend, vredig, met een mooie blos op het gezicht. En ze bekeek de argeloze Selma. Dat was nu voor dagen haar vriendin, die vrouw met honger en een eenzaam hart. En plotseling werd haar bewust hoe ze er tegenop zag, Selma te ontmoeten, oog in oog, en met een blik waarin vertrouwelijk herkennen lag.

Ze gleed het bed uit, kleedde zich stil aan en greep haar badpak uit haar koffer. Op de gang ontmoette ze het meisje. 'Zeg, dat ik maar even ben gaan zwemmen,' zei ze en het meisje lachte vriendelijk en zei: 'Er is al post voor u.' Ze stak de brief zonder te lezen in haar mantelzak. Omzichtig, kalm, trok ze de buitendeur achter zich toe. Maar een jubel van bevrijding steeg er in haar op. Alles, alles liet ze achter zich.

Ze liep de Badweg af, die blank en stil verzonken in een eigen vreugd, naar zee heen wees. De zon was warm en koel, er lag verstoven zand langs het trottoir. Er reed een jongen op de fiets voorbij, schel fluitend. Er speelde al een kind op een waranda. Van de huizen stonden vele ramen open. Nieuw en open was de wereld op die morgen, heel een nieuwe open wereld en voor haar alleen.

Langs de boulevard lag een smal strand, en verder was er zee, oneindig verder dan de horizon. Ze bleef toen even stil staan om dat goed te zien. Zuiver en ver, dacht ze. De zeewind woei haar haren van het voorhoofd weg.

Ze stak de handen in de zakken van haar jasje en ontmoette de vergeten brief. Toen ging ze op het boulevardhek zitten en daar las ze, dat de wereld koud en dood was voor Johan als zij zo ver was, en of het ooit gebeuren zou dat ze zou zeggen: 'Ik hou ook van jou.' Ze scheurde het papier in snippers en liet die verwaaien in de wind. Neen, dacht ze, nooit zal ik dat zeggen. Als ik weer op school terugkom, want ik kom terug, zal ik hem zeggen dat ik iemand hier aan zee ontmoet heb, iemand die mijn hart gegrepen heeft zoals ik me dat altijd droomde – zelfs al zou dat niet gebeuren... Toen kocht ze een ticket voor een badkoets en liep haastig, met een plotselinge drift, het strand op.

En wat nu Marie betreft, dacht ze, en stapte op de zee toe, het is waar dat bijna alle dingen half en klein zijn. Clara's vriendschap was nog minder zelfs, nog minder dan de zakelijke liefde van Marie of de zielige

34

verslingerdheid van Selma. Maar wat er in mijn hart omging, dat was niet half en klein.

Ze liep het water in dat koud omhoog klom, haar de adem afsneed en haar hart deed bonzen. Ik heb werkelijk van haar gehouden, dacht ze nog. Toen zwom ze de zee in. Ik heb eenmaal liefde, en die moet ik geven.

Krachtig, heftig zwom ze verder. Koud en stil en helder was het zeewater. En dat is al, dacht ze, mijn liefde zocht een doel, maar het verkeerde, en misschien ook niet – als je maar liefhebt. En ze liet zich rustig op de rug drijven, het water deinde langs haar borst, de zon streelde haar ogen. Als je liefde niet aanvaard wordt, berg ze dan als de illusie van het grote en volkomene diep in je hart. En ondertussen stel je je tevree met halfheden. Ze glimlachte ironisch, legde zich schuin in de golven en zwom voort met ijdele en trage slag. Niet staan of vallen met de liefde, maar je voorhouden dat het toch maar zo weinig is, dat wat je geeft, dat wat je krijgt.

Toen zwom ze naar de kust terug, lachte jong en luidkeels en onbarmhartig in het geraas der branding, waadde naar het strand en liep in stormloop op de badkoets toe.

Als ik een zoon had – vooruit dan maar, denk het dan maar weer een keer – als ik een zoon had, dan zou hij talen studeren, kosmopoliet worden alleen al doordat hij aan pappies hand – op zondag – de Stationsstraat op en neer zou mogen wandelen. Ze is dan wel niet op z'n best, met een schoon hemd aan, in de krul gezet, maar het station maakt weer wat goed. Ondanks de dag des Heren braakt het z'n mensen uit, al is de kwaliteit van het braaksel dan wat minder.

Maar goed, hij zou dus talen leren, de schavuit, aan pappies hand.

'Pappie, wat betekent...' 'Bedenk, mijn jongen, dat de Stationsstraat een etnologisch brandpunt is – door het station.' En onderwijl zou pappie zelf weer denken aan dit heden waarop hij zijn Stationsstraat binnenkwam en waarbij steeds weer die spiegelruit met het Palais des Fleurs hem overviel. Daarnaast een kroeg, La Bordelaise. Daartussenin een woonhuisdeur met Ladies and Gentlemen's Tailor. Een prachtige buurt. Je kon er haring en bloemen kopen, en patates frites en een vrouw. Dat was een gelukkige tijd, hoewel ik dat toen niet besefte.

Ik voelde me alleen. De tram vlak langs me daverde tot in m'n holle hart. Vaak overviel me dan de lust om iemand te vinden die van me houden zou. Op zondag nam die lust mijn hele wezen in beslag. Als ik niet werkte, zie je, en mijn vrije tijd verzandde in de zondagshoofdpijn, een tragische en burgerlijke kwaal waarvan ik niet gedacht had dat ze ongeneeslijk was. Op zondagmiddag. De divan muf en groen. En ik daarop, en roken. En twintig players was er geen. Roken en hoofdpijn, geloof dat nu van mij, die hebben niets en niets met elkaar te maken. Hoofdpijn is iets psychisch, die zondagshoofdpijn dan. Ik lag daar maar en dacht: een vrouw, stil, vriendelijk; geruisloos gaat ze door je kamer, schenkt thee, neemt met een geurloze, strikt geurloze hand je sigaret uit je verdorde en verdroogde mond, zoent niet, maar legt kompressen op je hoofd, sluit de gordijnen – enfin, ze is er en ze is er niet, ze verzoent je met je eenzaamheid en ze vergeet zich zelf.

Adembenemend schoon is het, vanaf je kamer op het dradennet te schouwen, dat simpel vlechtwerk van de dood, slechts te benaderen in gummi en door mussepoten. Maar de tram zelf – een drein, kortweg een drein, en je negeert haar. Maar nu nog leren te vergeten dat je haar negeert.

Hij steekt een warme blauwe sleutel in het slot. Hoe hoger, hoe gestileerder, dus hoe abstracter wordt het huis. Hij drukt verachtend imitatiesmyrna weg onder de voet. De vestibule was een oase van één palm. De trapleuning heeft koperknoppen als lachspiegels zo groot. Maar van de eerste naar de tweede is het huis zijn valse praal te boven. Er ligt een loper van katoen, de leuning hier is dof en steil, maar maakt geen mens belachelijk. En naar de derde, naar de kamer van de hoofdpijnman, daar is het naakt, betoverend. De trap geurt mólmachtig en elke trede heeft zijn eigen stem. De leuning is een touw, vet, als geboren in de hand. De kamer zelf een afgeschutte spookzolder waar elke droom behuizing vindt.

Dienstmeisje Marie brengt hem zijn maal. Hij volgt dit ritueel vanaf de divanrand, de benen wijd uiteen, de handen gelaten daarop. Hij vlecht een krans van poëzie rond haar onedel hoofd. Hij schenkt haar een milieu, een vrijer, zelfs een ziel. Hoe denkt ze over Vlagt? Ze zet zijn bord en schalen op zijn tafel en houdt de ogen onverschillig neer. Haar mond is ruw en onbewust. Milieu, en vrijer, zelfs de ziel vormen een nimbus, die haar niet kleurt. Onmachtig neemt hij die terug en zij, z'n enige bezoek, gaat heen. Hij eet. Na afloop zet hij bord en schalen in elkaar en op de gang. Niet dat dat helpt. Hij blijft toch wachten op de voleindiging van 't ritueel. Ze komt de trap weer op en haalt de schalen weg. De treden schreeuwen onder haar stap. De zondagmiddag-dromevrouw doet anders. Ze zingt, het hele huis met haar. En als ze weggaat sterft het op de trap behoedzaam weg, dat zingen. Een slaaplied, en op elke trede wordt het zachter, en de laatste blijft vibreren, onhoorbaar, en de hele dag.

Na de schalen gaat hij aan 't open venster zitten en kijkt. Dwars door het dodelijk net op straat. Niemand daar buiten is op hem verdacht en niemand krijgt de spieder in de gaten. Vroeger luisterde hij aan de deuren en spiedde hij door 't sleutelgat. Alleen zijn moeder had hem daarom niet veracht. Misschien begreep zij hem of misschien vergaf zij het hem alleen maar uit moederliefde. Maar, het was vreselijk een drometuin achter het huis te hebben en naar mensen te verlangen. Dat verlangen maakte hem alleen, het legde een verwikkelde versperring aan. En in die tuin had hij zich voorgenomen zijn mensen te verlaten en zijn eigen weg te gaan. Hij wilde anderen met wie hij één kon zijn als met de tuin. Het gezin, het dorp hadden hem aan zich zelf opgelegd op een wijze die hij verfoeide. Ze hadden zijn beperkingen getrokken voordat hij zelf wist hoe hij was. Maar in de stad moest hij het nu nog vinden. Hij was er nu nog niets en vloeide er als 't ware uiteen tot machteloos en drabbig protoplasma rondom een vreemde sterke wil. Maar aan zijn moeder schreef hij – altijd op vrijdag, dan· had ze 's zondags zijn illuster schriftelijk gezelschap – dat hij tierde: 'Ik werk me in.' Hij legde haar en via haar gezin en dorp, zich zelf op, en op een wijze die hij verfoeide. Maar hij kon toch ook niet schrijven over zijn dagen, in drieën gekapt door ontbijt, koffie en mid-

dagmaal; over zijn werk daartussen, een achturenuit-
kijk op een blinde muur terwijl zijn handen syncopeer-
den op een Underwood. Weliswaar bezat de muur veel
vocht en scheuren waardoor ze zich met jaden snoeren
tooien kon. Maar Vlagt was jong, zijn haar lag dik
over zijn kruin, en het ritme van zijn denken daaronder kon zich nog niet met haar tragische schoonheid
verstaan. Evenmin kon hij zijn moeder schrijven over
die avonden met de Stationsstraat aan zijn voet, van
dat brandend kijken en dat holle hart waarmee hij het
leven daar beneden volgde.
– Lieve Moeder, diep beneden me glijden rompen
gestadig voort op het merkwaardige mechanisme der
benen. De mannen maken kolossale stappen, waarbij
desondanks de romp, van bovenaf gezien, op één ni-
veau schijnt voort te glijden. De vrouwen lopen Grieks,
vanuit het bekken, maar die met smalle heupen lopen
vlug en kuis als door een kluisgang die geen ruimte
biedt... Onmogelijk ook om te schrijven dat hij zijn
zoon talen laat leren van de winkelruiten en dat zijn
vrouw hem op zondagmiddag verplegen moet. En
daarom telt de week van vrijdagavond tot vrijdagavond, van brief tot brief. Als hij zijn blocnote grijpt
denkt hij: De weken vliegen om. Hij spiedt doordrin-
gender op straat. Er klimt wat schemer uit de keien.
En hij herinnert zich het weiland achter de drometuin.
De droom sloeg op en reikte tot de hoef, tot halverwege, tot de romp. De koeien waadden er droefgeestig
rond of stonden roerloos als in starre ban. Monsterge-
wrochten uit een ziek vereenzaamd brein. De doom
der stad is grijze subtiliteit. Er schieten lantarens boven aan en achter de winkelramen gloort licht. Honderden geuren mengen zich dooreen. Verkild zweet,
patates frites, benzine en poudre de riz. Voor elk café
een hond, zo'n hond zonder karakter, de kameraad
van elke drinkebroer, en met een vette vacht en met
de diepst melancholische blik die ooit een levend

schepsel had. Voor elke bar een kat met vuile poten en verholen schurft. Bij elke lantaren een vrouw met sleutel als embleem. Ze wachten op de reizigers wie 't ritme van de trein in 't bloed gesprongen is. En op gezette tijden braakt het station die toe. Een gil van de spoorfluit vooraf. Een gil en een convulsie... waakzaamheid geboden. Nekken verraden het geoefend ogenspeuren. En het instinct is zelden fout. De reiziger gaat mee zonder de sleuteldraagster te hebben aangezien.

Prachtig is de straat – La Bordelaise, Old Inn en Trocadero; een baaierd van duister instinct. Haar te doorgronden...

Vlagt staat op. Hij stroopt de hemdsmouwen omlaag en knoopt zijn manchetten dicht. Zijn polsen zijn pezig en smal. Hij knipt het licht aan en strikt zijn das. De bloedklop in zijn hals dringt aan op de boord. Maar buiten omwiert hem een geurenroes. Die moet je niet ademen, maar drinken, eten. Hij steekt een sigaret op en inhaleert met zwellend middenrif. Hij loopt een stuk en staat weer stil. Op het andere trottoir loopt een agent, er is iets begrenzends, gevaarlijks aan hem. Een sleutelvrouw, geposteerd aan een deur, gaat plotseling naar binnen. Verderop fluit er een man. Een herdershond rent erop af, zijn poten kloppen dof op de keien. Vlagt knikt het hoofd achterover en kijkt omhoog. Zijn ogen leunen tegen de duisternis.

Tot aan het station liep hij. Toen keerde hij terug. Hij passeerde de dwarslaan die twee rijen bomen heeft met daartussen bij zijn begin een affichenzuil. Tegen die zuil stond een vrijend paar. Maar hij keek strak voor zich uit. Verderop waren er vrouwen aan het kleden kloppen. Het stof was pikant. Maar toen hij langs kwam, wachtten ze. Hij knikte goedenavond en dacht: Ze weten niet dat ik hun leven drink en eet. Voor hem liep een jonge vrouw met geblondeerd haar en helrode schoenen aan. Haar stap verried een doel. Ze ver-

dween in een bar. Trocadero. Hij stak over en terwijl
hield hij de warme blauwe sleutel al in de hand. Het
slot knarste. Behoedzaam liep hij drie trappen op.

*Tweede avond*

Tegen zessen kamt ze het haar achter de oren en doet
een dienschort voor. Mevrouw zelf schept op en zij
brengt rond. Ze zet het dienblad op een stoel en ruimt
de tafel leeg en spreidt er een servet op uit. Zet bord,
mes, vork en schalen van dienblad op servet.

'Meneer.' Meneer ligt op de divan en zwijgt.

'Meneer.' Ze is gewend dat hij daar zit, de benen
wijd uiteen, de handen loom, en dat hij naar haar kijkt.

'Meneer.' 'Dank je.' Maar hij verroert zich niet. De
treden schreeuwen onder haar stap. Wat scheelt eraan,
meneer? Ach zou je het begrijpen? Het komt van mijn
gezelschap overdag, een triest oud wrak. Blind. En ze
draagt zeven jaden snoeren. Hij gaat aan tafel, met
gebogen rug, en eet. En daarna heeft hij zin om krui-
pende een hoek te zoeken en zich daar ineen te rollen.
Hij grijpt een spiegel. Zijn ogen staan gekweld. Zijn
blik wordt afgeleid naar neusvleugels en kin. Daar
huizen vetwormpjes in drie families. Die hebben het
niet makkelijk. Soms worden ze eruit genepen en hun
behuizing wordt dan toegeschroeid met alcohol. Toch
is 't die oude dame met de jaden snoeren niet alleen,
maar ook misschien de directeur, een ongenaakbaar
man en met een stem die als een samoem je eigenwaarde schroeit. 'U went nu zeker al? Ja? Goed zo,
goed zo.' Meneer de directeur steekt dan een sigaret
op. Hij blaast wat blauwe rook omhoog die zich schijn-
heilig vereenzelvigt met de grijze atmosfeer maar een
vernederend aroom achter zich laat. En een collega
ginder wendt zich om. 'Laat je niet nemen jò.' En
daarbij lacht hij dan ontgoocheld zijn slechte tanden
bloot en strekt de hand bezwerend naar hem uit. 'Zoveel te aardiger hij doet zoveel te minder mot je hem

vertrouwen.' En: 'Voor smoessies koop je niks.' 'Ja zeker, as-je...' de hand klapt óm en wijst naar achter...
'Ja, as-je...' en dan geklets. De man van as-je zit daarbinnen bij meneer de directeur. Hij is even jong als
Vlagt. Artistiek adviseur. Vlagt moet hem bewonderen
en dat doet pijn. Een indringer is het, maar tijdelijk.
Want Vlagt, die is er ook. En dringt hem er wel uit.
Er dreint een tram voorbij. Indringen – uitdringen –
een bitter spel.
     Vrijdag is het. 'Lieve Moeder.' Na de gebruikelijke
informaties: 'Mijn werk bevalt me best. Hoewel mijn
salaris nog niet groot is mag ik mijn taak belangrijk
achten. Het bedrijf van de uitgever is commercieel en
artistiek. Je voelt je daarom als 't ware het interme-
diair tussen het leven en zijn droom, tussen de waarheid en haar spiegelbeeld...'
     Als in een visioen ziet hij zijn moeder, naïef gezicht
en moede ogen. Ze speelt schaak met de publieke mening over haar zoon. Ze zit te weifelen, met een pion
gereed. En elke brief bepaalt een zet. Dus, tussen het
leven en de droom staat hij. Hij was nog beter schille-
boer, en dan naar hart en ziel; bij de straat en achter
zijn wagen passen, in het leven passen, zo zuiver als
een deksel op een Japanse doos, en in het geluidsbeeld
passen van de rosse realiteit 'Schillu' zonder besef van
waar je niet zou passen.
     Buiten stijgt de doom. Er drijven mannenrompen
voort op lange stappen, er lopen vrouwen en ze hebben brede of smalle heupen. Het station is weer on-
passelijk geweest en heeft dat moeilijk te verteren
goed, een beetje mensheid, uitgespuwd.
     Er is geen keus: Of je bent zoals je bent, een ont-
goochelde lach die bruine tandstompen openbaart,
meer niet – of je houdt de schijn op, een feilloos kunstgebit achter een vlotte lach. Het station weet er geen
raad mee. Maar de trein heeft vaak contact met bei-
der onbevredigdheid.

Uit Trocadero komt een jonge vrouw met geblondeerd haar en helrode schoenen aan.

## Derde avond

Het lijkt een feest. Alle lichten zijn ontstoken en nochtans blijven de portieken scharrelhoeken. Langs heel de straat zwieren er dronken schimmen van geuren en rook. De honden steken de kop omhoog en huilen van verlangen. Handwagens met bronzen palingen. Vrouwen met brede schoten en overvolle handtassen. Een pierement. Dat zingt met zijn mislukte vox humana zoals elk mens in waarheid zingt. De jodenmeisjes dansen. En haar familie zit aan 't open venster en op de stoep en eet pinda's en boterkoek. Ze dansen. Ze hebben mooie neuzen, berstensvolle lippen en geuren zoet.

Er dreinen trams voorbij vol zaterdagse mensen met schone kleren aan, met zaterdagse schone nagels. Soms galmt de torenklok van de nabije katholieke kerk. Het leven is een feest met op de achtergrond een altaar en een offerbus. Een feest. Vlagt speurt langs de gezichten. Hij leunt aan een kozijn, en rookt, en kijkt langs monden, langs ogen. Wat durven jullie, wat kunnen jullie leven. De burgerlijke levensstijl, een vredig landschap met gecamoufleerde lavamonden. Zijn straat, een krater – hij staat er middenin en dat verdooft hem en brandt zijn holle hart uit tot een zeer verlangen.

Er komt een vrouw naast hem. Haar ogen glinsteren en haar gezicht is tragisch als van een clown. 'Schat.' 'Neen.' Hij staart nu onbeweeglijk voor zich uit en rookt met diepe teugen. Ze wendt zich af, in haar nek zit het speurend gebaar, ze loopt met rulle pijnlijke oudevrouwenbenen. Vlagt boort zijn sleutel in het slot en gaat de trap op, met drie treden tegelijk. Dat is nog een jongensgewoonte van hem.

Later op de avond – hij zit voor 't open raam – ziet

hij nog eens de jonge vrouw met het geblondeerde haar en de helrode schoenen aan. Ze grijpt haar weggelopen kat en loopt ermee terug. De kat ligt op haar boezem als een zeehond op een rotspartij. Er valt wat rossig licht uit Trocadero als ze daar binnengaat.

*Zondagmiddag*
Ze kwam de trap op en de treden zongen – maar op een wijze die de schedelbeenderen niet trillen deed. Ze had geruisloze kleren aan en haar gesprek bestond uit weinige en tere klinkers. Met een volstrekt geurloze hand legde ze kompressen op z'n hoofd. Ook sloot ze de gordijnen. Een spons, mijn hersenen, een spons. Ze loopt vol bloed en wordt dan uitgenepen door Onze-Lieve-Heer.

'Sst' en ze gaat naast hem zitten, glimlacht passieloos en goed, en leest. De bladen van het boek zijn irreëel, ritselen niet.

Wat heb je aan zo'n hoofdpijnman? Hij slaat omzichtig de oogleden op en loert naar haar.

'Stil toch,' en ze legt haar hand liefkozend op de divanrand.

'Weet je, er zijn stemmen waar ik misselijk van word, waar ik van kotsen moet. Maar van de jouwe niet.'

'Goed,' zegt ze en leest haar irreëel verhaal.

Hij sluit zijn ogen en wacht een ogenblik tot Onze-Lieve-Heer de spons weer uitgenepen heeft. Dan loert hij weer omzichtig van onder zijn kompres naar haar gezicht. Ook dat is irreëel, zo goed als haar verhaal en als de bladen van het boek.

'Waarom heb je geen gezicht?'

'Mijn jongen slaap nu toch.'

'En toch verlang ik daar soms naar. Zou je rode schoenen willen dragen? Zou je blond haar willen hebben, zo blond als korengarven in de zon?'

Ze staat geruisloos op. De aspirine ligt binnen zijn

bereik. Maar niet als 't zo al zakt en hier is water.

En haar vertrek een slaaplied. Hij glimlacht stil. De greep van Onze-Lieve-Heer verslapt. Zó slaap ik in. En als ik wakker word dan is mijn hoofd weer licht en luchtig als van celluloid en heel mijn lichaam roze en solide als van papier-maché.

Terwijl hij slaapt speelt er een pierement, en joden-meisjes dansen daar omheen en af en toe dreint er een tram voorbij. Dat alles is nog te verdragen. Dan zegt een vrouw iets tegen hem. 'Schat.' Dat maakt hem kwaad. 'Ouwe draak,' scheldt hij. Daar schold hij ook – stiekem natuurlijk – een lerares voor uit. 'You are learning here, don't speak.'

'Ouwe draak.' Ze had een door de mangel getrok-ken gezicht, maar ogen – superieur en leep en die ver-krachtten je gevoel van eigenwaarde. Neen, zo een mocht hem toch niet schat noemen. Hij raakt verward in duizend nevels, hij komt er niet meer uit. Zijn mond zakt open en zijn ademhaling wordt vlak en traag. Toch waren het haar helrode schoenen niet en evenmin haar blonde haar, blond als een korengarf. Misschien de rotspartij waarop bij volle maan een wit-te zeehond lag. Een feit is dat hij aan het venster zat en op haar scheen te wachten. Vrouwen zijn mooi, wellustig mooi, van boven af bekeken. Het tramnet stoort. Dat breekt haar loop, dat Griekse lopen en met de borsten stram vooruit. Een mannenborst is ribben-boog, meer niet. Vaak weet een man niet wat hij wel begeert, de verleiding of de koestering. De zondags-paren wandelden bedaard, gearmd, en met zwetende ineengevlochten handen.

Toen zag hij weer het rood en blond. Het was hem plotseling ontzaglijk vertrouwd. Hij wou wel uit het raam hangen en wachten tot ze naar boven keek. Een roep zat gereed in zijn keel. Ze stak de straat over, driemaal doorsneden door het net, en was verdwenen. Maar spoedig keerde ze terug. Met kloppend hart bezag hij haar van achteren. Ze had een blanke, zeer blanke nek en hoge benen. De deur van Trocadero viel traag zonder geluid achter haar dicht.

## Avond

Hij kwam naar binnen. Zijn ogen vonden haar onmiddellijk. Haar blonde haar was er een toorts hoog uit boven het kinderlijke schemerrood. Het was er troosteloos. Achter de toonbank zat ze. Er kleefden kringen bier op het gebeitste hout. Achter de toonbank, en ze praatte met een vrouw ervóór. Die tikte haar met een beringde wijsvinger betogend op de arm en zei: 'Maar dat kan me nou niks en niks verdommen.'

Zij lachten, haar ogen stonden vochtig en vlak. En tegelijk wist hij dat hij haar weerzinwekkend vond. Hij keek ontdaan naar het gezicht vlak tegenover hem. Een vrouwenhand had hem zijn bier toegeschoven. Pupillen als twee druppels kwik trilden hem listig tegemoet. Die hadden hem bespioneerd, zijn hongertocht gevolgd en de teleurstelling gezien.

Die met de ring zei: 'Voor mijn part valt ze dood.'

'Nou, nou,' ze lachte met gebersten lippen. En toen ontdekte Vlagt dat haar voorhoofd van graniet was, een korte rechthoek en van een zeldzaam wit. Hij vroeg nog een bier en dronk die achter elkaar leeg.

'Erom denken, dames, daar is een heer.' De kwikoog lachte daarop luid.

'Hij dan,' zei die met de ring. Toen lachten ze alle drie. Vlagt schoof z'n lege bierglas toe en keek de vrouwen aan. De kwikoog had te hoge wenkbrauwen en een mond als een vlek bloed.

'Laat ze praten,' zei hij, 'en wat drinken.'

'Jannie? Koos?' Dat zei de kwikoog.

Vlagt dronk z'n bier. Er was een dikke nevel boven het buffet gekomen. Het nikkel op de toonbank glom, hij zag z'n hoofd daarin, een lang verwrongen ding. Jannie en Koos negen naar elkaar toe en fluisterden.

Hij nam haar groot blond gezicht droefgeestig op. Ze was knap, maar die natte ogen, dat voorhoofd van graniet maakten hem misselijk. Hij dronk, en dat vereenzaamde, verlamde hem, en de gekirde fluisterwoorden kwamen gebroken en gesmoord door dikke nevel heen. Schat? Schat? De kwikoog streelt de witte poes die ronkend over de toonbank loopt. Dan merkt hij plotseling twee anderen. Ze doken op uit een ver fond van duisternis met rode lampjes. De een betaalde uit een portefeuille. De ander had een voorhoofd van graniet, poederde zich, schminkte zich de lippen bij. Op al die vijf vrouwengezichten vond hij een heimelijke lach.

Hij durfde niet naar huis. Hij liep maar ergens heen. Het zweet brak hem aan alle kanten uit en de straatstenen vlogen tegen hem op. Hij schoot de laan in die begon met in het midden een affichenzuil en waar het donker was. Verscholen voor de straat stond hij daar tegenaan geleund en braakte. En nog een hele tijd daarna stond hij voorover boven dat dampend braaksel met de ogen toe. Zijn hoofd deed berstens pijn. Toen richtte hij zich op en liep langzaam terug. En tree voor tree liep hij zijn trappen op. De laatste kraakte en de muffe houtgeur deed hem goed. En in zijn kamer lag hij roerloos op de divan, wakker, soms in een korte slaap die hem dan even van z'n pijn verloste. Hij kon wel huilen. Hij meende dat de vrouw zonder gezicht, zijn droom, gestorven was.

(1940)

## De liefde en Adriaan

Er was een tijd van diepe neergang in Adriaans leven. Hoe dat zo gekomen was, hij wist het niet. Het was gekomen zoals de schemering je kan besluipen als je zit te dromen. Eerst was hij nog kind, thans, al te plotseling, was hij een anonieme en onttroonde vorst der duisternis. De schaduwen verborgen hem voor 't oog der mensen, die hun eigen weg gingen, zich niets meer van hem aantrokken en op kompassen van instinct en domheid grote zekerheid vertoonden. Eenzaam, met de duisternis tot in zijn oogholten, keek hij de huiselijkste dingen en gebeurtenissen aan alsof die puzzels waren, maar de oplossing bevredigde hem niet. Het leven kreeg een ver aspect, de mensen echter boden noch geheimen, noch beloften. Als hij thuiskwam van zijn school, zag hij met ijle wanhoop in zijn hart de nette straat terug waarin hij woonde. Hij zag de jonge rechte bomen, net omrasterd, en de huizen, huizen uit een blokkendoos, en ten slotte nog zijn moeder aan de deur, verslagen disputerend met een bakker of een melkboer, met een gezicht als een verstarde jammerkreet: O wat kost alles toch een geld. Haar zoon ging rakelings, maar ongezien, aan haár voorbij. In de keuken stond zijn zuster Jans, een heel best meisje, goed voor de huishouding, maar niet zo goed voor Adriaan, te zelfverzekerd. Met een driftige, dreunende stap kwam ze de kamer in, ze wierp met een gebaar van lotsbeschikking het met jusvlekken betraande tafellaken over tafel uit en Adriaan moest er zijn boeken snel onderuit grissen.

'Begin dan niet, voordat we eten.'

Maar, bij God, hij wist niet waar hij anders dan in een of ander boek zijn ogen bergen moest. Zijn zuster Mien, die in een winkel was, kwam later thuis, en Jans dekte voor haar de tafelpunt waar ze een bord en een vuurvaste schaal op zette. Mien had het recht, mondain te zijn, omdat ze in die winkel was, het recht om luid en ordinair geaffecteerd het hoogste woord te hebben, dat door Jans op bitse toon, waarin de argwaan immer sprong-gereed, en dat door moeder zeurderig werd gescandeerd. Zo staken de drie vrouwen over alles wat het huis, de wereld en haar zelf aanging, de koppen bij elkaar. Het lamplicht overscheen het dorre geblondeerde haar van Mien, het glimmende steenharde voorhoofd nog van Jans en streek met schaduwrijke hand langs het gezicht van moeder, dat even terugweek en waarin tanden en te felle lijn ontbraken. Adriaan was zestien jaar, hij was weer blijven zitten en doubleerde nu het tweede leerjaar van de mulo. Hij was dom, de zusters wisten dat en lachten denigrerend en geërgerd, moeder keek hem weerloos aan. O, verontschuldigingen en verklaringen genoeg. Was vader niet gestorven? Een vroegvoorjaarse, tijdrovende gebeurtenis. De bomen in de straat stonden spiernaakt te zwiepen onder rukwinden, en de straat zelf vervuld van storm en een zwart rijtje trage koetsen, vader languit en star en heimelijk en ingenageld in een duister, kuis omhulde kist voorop. Hij had niet kunnen leren. Dus, verontschuldigingen en verklaringen genoeg. Kwam toen de zomer niet? De hitte deed de aarde scheuren en het water in de vaarten stonk, verdampte en werd bruusk doorkliefd door jongenslijven. Maar zodra je aan de vaartkant zat, op brandend gras en in een zon die gonsde, gliptè je maar weer, meer vis dan amfibie, het hete en ook zuurstofarme water in. Hij had niet kunnen leren. Moeder keek weerloos, maar de zusters zeiden: 'En het vorig jaar?' Toen was er niemand doodgegaan en, naar de vrouwen zich herinnerden, was het een koele zomer. Maar ook toen had hij een leerjaar gedoubleerd. De ware oorzaak hield hij schuw geheim, hij was niet dom, maar had een honger naar een werkelijke school, geen h.b.s., maar een gymnasium en later ook de universiteit. De mulo was een dilettanterige koperen fanfare tot een klein leven, en hij wou gróót. De fanfare leidde hem het dorp uit van de gehaaide platvloersheid van een Jans, van de stupide affectatie van een Mien en van de jammerlijke weerloosheid van een te onbenullige, te trage moeder. En wat dan? Moeras, moeras, waarvan hij in de straat de geur al speurde, in die nette schone straat, moeras met een enorme zuigkracht en verstikking in kleinburgerdom, dat zoog je mee en leeg en dood. Zo dacht de jonge Adriaan dat alles niet precies, want daarmee zou hij ook zijn levensneergang van de laatste tijd verklaard hebben en die aldus geformuleerd: Mijn leven is als 't uitzicht op een maaltijd van bedorven soep, verzuurde groenten, aangebrande aardappels en stinkend vlees en met niets toe. De lust vergaat me voordat ik begin, terwijl ik toch zo'n honger had. Hij boog zich dieper over het leerboek der geschiedenis, dat te beknopt was om begrijpelijk te zijn en op de boekenbeurs voor 50 cent gekocht en netjes moest gehouden worden – en geen ezelsoren alsjeblieft, niet erin schrijven – daar hij 't na de 'studie' weer verkopen moest. Er werd terzelfder tijd een onderwerp zo oud als deze oude nazomer, die eigenlijk al herfst was, aangesneden. De drie vrouwen hadden het al kunstig en scherpzinnig doodgevarieerd tot een probleem in honderdvoud: Een huis, een huis op nette stand, goedkoper, maar toch ruim, maar waar? Niet in het westen, ook niet in het oosten, noorden, zuiden, liever niet in 't centrum, waar? De samenzwering, het dispuut, de eensgezindheid en de wrevelige moedeloosheid trilden in het schrale lamplicht. Jans liep met een rasperige vinger langs de advertenties in de krant, die walgelijk naar drukinkt stonk, en het gesprek begon opnieuw. Maar Adriaan werd daar nu niet meer in betrokken: 'Die, die geeft nou nergens om.' Maar moeder keek een beetje troebel en beangst, alsof ze beter wist maar het niet kon bewijzen. En hij zei: 'Ik zou wel in een huis aan 't water willen wonen.'

'O ja? Hoe is het mogelijk.'

Laat in de herfst, op school moest soms de lamp al aan, was er een huis gevonden. Jans en moeder waren er op uitgegaan, ze hadden langs de wind- en regenstraat gezworven, gepauzeerd in cafetaria's, in door mens-vergeten, God-verlaten huizen rondgedoold en zich, al deden ze of 't erg geweest was, kostelijk geamuseerd. De gesprekken onder 't lamplicht kregen thans hernieuwde actualiteit, maar raakten Adriaan zelfs nu nog niet. Hij zat gebogen over het leerboek der grammatica, dat te beknopt was voor zijn dromerige diepten-ziende geest en dat net als de rest in ongeschonden staat weer naar de boekenbeurs terug zou moeten.

'En voor jou is er een kamertje op zolder.'

Hij keek op, er trok een lichte beving door hem heen. 'Op zolder?', en zijn stem was toonloos, vaal.

'Wat wenst meneer nog meer?' zei 't winkelmeisje en haar stem hield mild het midden tussen spot en guitigheid.

'Ik? Niks,' zei hij, 'ik vind het fijn.'

Dat werd bijna een reden om hem te mengen in de verdere discussie, thans als verhuisprobleem in eindeloze variaties opgezet. Maar Adriaan vertoefde op zijn zolderkamertje. Zijn ogen keken, lachten en beaamden in omfloersing van die heimelijke afwezigheid, zijn hart werd wijd toen hij die dichterlijke zolderkamer binnenging. Een ster verschoot boven het schuine dakvenster en in de houten muren om hem heen zongen insekten en de hanebalken sloegen zware schaduwen over tafel, boek en schrift: er bleef slechts licht en ruimte voor een magere gebogen knaap, dus net genoeg, slechts licht en ruimte op een halve schriftkant, net genoeg om neer te schrijven: Ik ben eenzaam als een vleermuis, tussen binten. Maar zijn hart kromp samen toen hij eindelijk, wat wrevelig, naar bed gestuurd werd en de zijkamer rondkeek waar nu dat bed sinds jongensheugenis al stond. Dat was de afscheidswee. Hoe smal, placide had zijn bed zijn jonge slaap verdragen, en zijn dromen, en zijn zondig wakker liggen soms.

Zijn blik gleed over het behang, dat met zich spelen liet, maar ook terug kon pesten, bloemschablonen waar je lijnen en figuren in kon volgen, maar wanneer je ziek was warrelden ze trillerig dooreen en maakten ze je misselijk. Zijn afscheidsblik liep langs zijn boekenkastje met de kinderboeken, die hem kleuren deden als een jongen van zijn school ze zag, maar die hij niet mocht wegdoen, nu niet, nooit niet. En ten slotte keek hij door de muur heen in een spiegel en zag hij zich zelf.

Het was geen wonder dat hij Mien en Jans en moeder, en natuurlijk ook de onderwijzers, irriteerde. Hij was onbenaderbaar, zijn trotse tere ziel vertoonde zich slechts hier, weeklagend, onbevredigd, als die van een ongewrokene in een kasteel en 's nachts. De mensen zagen slechts dat hij een kin en wangen met guirlandes, met zelfs grafkransen van puistjes had en, dat was nog het ergste, dromersogen. Is het vreemd, wanneer een jongen lang, aandachtig, zelfs met wanhoop in die dromersogen, in de spiegel kijkt? Ach neen, waarom? Hij was zo graag een Winnetou of een Old Shatterhand geweest, een mooie kerel dus. De kleine hypocriet. Men vond hem dom, hij was het niet – en lelijk, maar hij bleef het niet. Kijk, nu hij zich had uitgekleed en in zijn jaeger onderbroek naar 't bed boog en daar in stapte, leek het of hij zich in de duistere cocon der puberteit spon en gemetamorfoseerd ontwaken zou: zijn dromen, een opzettelijke vlucht in schoonheid, wézen daar ook op. Eerst fantaseerde hij een huis aan 't water, en vanuit zijn zolderkamer

greep hij de mast van een enorme zeeboot. Als verstekeling deed hij de reis over de oceaan en ginder werd
hij held. Het nieuwe huis stond echter niet aan 't water en toen fantaseerde hij dat hij veel geld vond, een
ontdekking deed of een gedicht schreef, kortom, iets
dat in het licht stelde dat men hem had miskend en
moest bewonderen. Het oude huis was stil, de vrouwen
sliepen boven en de straat was maanverlicht en leeg.
Soms keek hij door een kier van het gordijn en nam
zich voor zijn levensorde later om te keren, overdag te
slapen, 's nachts te werken, 's nachts te wandelen, een
eenzame in maanlicht.

Hij sliep in, zijn ademhaling kort en radeloos, want
juist op dat moment van inslapen werd hij weer Adriaan, die morgen naar de mulo moest en zijn grammatica niet kende: het moment van inslapen is het begin,
de aanloop van de sprong naar wat je morgen wacht.

't Is waar, zijn handen stonden overal verkeerd voor,
daarom werd hij op de dag van de verhuizing uitbe-
steed bij kennissen, alleen maar voor het middagmaal.
Daar was nu geen ontkomen aan, de held die 's nachts
de mast greep van een oceaanstomer, die heel de wereld aan zijn voet dwong om haar daarna weer groot-
moedig op te beuren, die als vorst der duisternis het
maanlicht uitgeleide deed, moest zich thans aan een
anders tafel zetten. Ging hij niet, dan zou men komen
informeren waar de dakloze gebleven was en iedereen
zou weten dat zijn lafheid hem weerhouden had. Hij
belde er dus aan en kreeg al zweethanden, hij at,
smakte per ongeluk en kleurde, bleef toen kleuren tot
het zweet in parels op zijn voorhoofd stond. Na 't mid-
dageten wist hij niet hoe hij moest wegkomen en bleef
toen zitten tot hem door de gastvrouw met een milde
maar geamuseerde glimlach eindelijk de deur gewe-
zen werd. Het was al donker buiten, echt zo'n najaars-
donkerte, en in de winkels was al licht. Hij bleef nog
even voor een winkel staan, met een ellendig nagevoel

van smaad. Als nu die kennissen eens op visite kwamen? Kon hij ze nu ooit nog zonder schaamte onder ogen komen?

In de etalage stonden grammofoons en lagen grammofoonplaten, hij las. En plotseling verruimde zich de wereld voor zijn lezend oog, de smaad vervluchtigde in dreams, moonlight and roses en forgets the world. Hij stootte met het voorhoofd op de etalageruit – the world is in a kiss – en deinsde toen beschroomd terug. Maar even later liep hij op een stille singel, duister, ruisend van gebladerte. Hij liep daar als een zwerver in den vreemde, aan geen wezen of geen ding gebonden, nergens meer door in het nauw gedreven, los en vrij, gedachteloos, alleen met in zijn ziel wat ijle en verlangende verwachtingen. Hij fantaseerde dat hij voortliep, voortliep, vanwaar kwam hij en waar ging hij heen? Hij wist het niet, gelukkig niet, en elke voetstap door dat ruisende gebladerte vond in zich zelf zijn doel. Toch wachtte hem nog ergens een geluk, maar waar? Het kwam er niet op aan, hij zou zijn hele zwerversleven zoeken en zijn hele zwerversleven vinden. Daarom kon hij, dacht hij, als het nu zo viel dat er toevallig ergens onderdak geboden werd, daar wel gebruik van maken, waarom niet? Het was ternauwernood een oponthoud. Hier, in die zijstraat met kazernewoningen, daar waren moeder, Jans en Mien gaan wonen, hier, op nummer 32 en tweehoog, als hij zich goed herinnerde. Er was een grauwe gevel, die naargeestig, dreigend naar beneden keek. Maar voor een zwerver gaf dat niet, die school in ruimen als verstekeling, die overnachtte met de weerwolven op boerenerven en met legers van de rattenvanger in een schuur, met wilde zwanen op de vijver en met dwazen op de vliering van een spookhuis, dus... En Adriaan keek eerst nog rond voordat hij aanbelde en maakte toen gelijk een vriend van gindse straatlantaren, een stokstijve vriend met een illuster hoofd. Hij schonk

hem geefgraag, dus met zekere lichtzinnigheid, zijn
zwerversliefde. Zwerversliefde, ach, dat is een carpe
diem of een carpe noctem met een hoffelijke wee-
moedsgeste als onmiddellijke voorbereiding van zijn
trouweloosheid. Neen, het vriendenhoofd keek in
hoogmoedige en droefserene rust over hem heen, maar
vond in eigen blikkring alle vensters toe. Toen belde
Adriaan maar aan. Die bel, tweemaal, klonk ramme-
lig en hol.

Voor 't eerst gaf hij zich rekenschap van het verschil
in stand, ginder of hier. Hèt was prachtig, dat ze minder woonden, moeder, Jans en Mien. Waarom? Hij
had, als zwerver, zo'n idee, dat je hier dichter bij het
avontuur was, bij de honger en de dorst en het verlangen, bij het leven dus. Want, kijk, die trap nu al, die
was oneindig mooier dan de vroegere. Op elk portaal
stond hier de gele vlinder van een olielamp, en op de
treden kraakte het, en achter alle deuren gromde, kir-
de het. De muren waren vochtig en de touwleuning
was vet van mensenhanden. Op de eerste overloop
deed iemand plotseling de deur open. De zwerver was
op angstiger, wanvormiger en heillozer verschrikking
ingesteld, misschien was het hier het gewone dat hem
sprakeloos deed sidderen. Een vrouw, meer niet, met
grijze haren, tandeloze mond en doodskopkaken in een
lijst en perspectief van licht, daarachter in de keuken
blonde haren als van Mien, maar boven een wat pril-
ler meisjesrug. Hij stond maar even stil, het sidderen-
de leuningtouw in een bezwete hand, de vrouw zijn
aangenaam verduisterd schijnbaar puistloos jong gezicht tonend. Toen liep hij na een stomme en onopge-
merkte groet weer verder en kwam op het trapportaal
waarin zijn moeder naast de gele vlinder stond. 'Hal-
lo,' zei hij en bleef, onwennig en beduusd, en om nog
even te bekomen, staan. Zijn moeder glimlachte vermoeid en weifelzuchtig. Ze had hard gewerkt, de hele
dag met Jans en Mien, ook woonde ze nu minder.

Adriaan had plotseling de drang om haar een zoen te geven op haar wang onder haar oog met de pierrotglimlach, hij zei alleen: 'Is dat de gang, moeder?'

Ze gingen samen heel het huis door. Adriaan verbaasde zich verstrooid over de leegheid en de volte, en de orde en de wanorde, die tot een samenspel geraakt waren waarin de dingen als van ziel schenen geruild te hebben, toch was het mooi. In de keuken zei moeder bij voorbeeld: 'De grote dingen, zoals het fornuis, die staan alvast.' Adriaan keek toen naar het fornuis, dat hier te groot was en verstikt stond in de smalle schouw. Maar moeders woorden klonken nog onzekerder dan anders en als vielen zij uiteen tot gruis. Toen liet ze hem de kamers zien en op de gang zelfs de w.c. Hij was beleefder tegen haar dan zijn gewoonte was, en heimelijk was hij ontroerd en week gestemd. Hij kon hier, achter moeder aan, zijn zwerversdroom zelfs nog waarachtiger beleven dan daarstraks, op straat. Hij was een eenzame, maar kijk, hij vond een huis waarin hij even toeven zou en waarin hij, zoals in elk dat hij tevoren ooit betrad, vertrouwd en stillend iets terugvond van het ouderhuis, waarnaar hij eeuwig heimwee hield.

In de gang ging er een trap naar boven, spoedig teloor in kronkeling en duisternis, en van die trap kwamen thans Mien en Jans. Jans droeg een olielamp. 'Ziezo,' zei ze, 'je bedje is gespreid.' Daarna zaten ze weer met hun vieren in een huiskamer, voor Adriaan bleef die improvisatie, maar de vrouwen werden zienderogen haar onwennigheid de baas, legden de armen op het tafelblad en bliezen hoorbaar in haar koppen te hete thee. Adriaan vroeg nu of hij een sigaret mocht roken, moeder knikte pas toestemmend na een schuwe, te afhankelijke blik langs Jans en Mien, de hellehonden. Adriaan stak toen zijn sigaretje op, kritisch aangestaard door de twee hellehonden, die stellig zouden losbulken, ondanks hun soevereine toestemming.

De commentaar was mild, voor hellehonden. Mien: 'Haast een heer.' Jans: 'Doe het straks niet in je bed.' Hij permitteerde zich een kringetje te blazen, wat heel aardig lukte. Mien en Jans keken met een soort meelij die aan sympathie grensde naar zijn volpuistig vogelkopje in de rook, zij zochten naar de trekken die wellicht zouden verharden later tot manlijk schoon, maar tevergeefs. Maar wat is dát nou, dacht de moeder, heeft hij dan geen net gezicht, geen door en door fatsoenlijk net gezicht?

Toen 't sigaretje op was, wou hij naar zijn zolderkamertje. Jans ging hem voor, ze moesten eerst twee trappen op en daarna heel de zolder over. Op de drempel reikte ze hem met flakkerend belichte glimlach de olielamp. 'Wees maar niet bang,' zei ze, 'er slapen hier nog meer mensen.' Toen liep ze vastberaden door de zwaar ineengedrukte duisternis terug, hij hoorde ook de treden van de trappen kraken onder haar onvervaarde stap.

Toen het stil was, keek hij spiedend, wrang ontgoocheld om zich heen. Nu wist hij dan waarom ze zo opvallend weinig over deze kamer hadden uitgehaald. Kamer? 't Was er geen. Er was geen tafel en hij zette toen de olielamp maar op de grond. Halverwege kon hij al niet meer rechtop lopen, het dak leek op het deksel van een doodskist, dat hij voortaan op de rug zou torsen. Naar vuil wasgoed rook het er, naar schimmel en bederf. Hij wist nu ook dat hij van dichten aan het maanlichtvenster af zou moeten zien, want een venster was er niet. Kwalijk was het er als in een opgedolven graf en zover gaat de romantiek nu eenmaal niet.

Hij kleedde zich snel uit en keek niet meer, want hij werd bang. Hij blies het licht uit en de olielamp verenigde zich met de duisternis. Hij schoot onder de dekens en deed bovendien de ogen dicht, merkwaardig feit dat daarmee ook de spoken op de zolder en de doodkist-naargeestigheid van eigen klein bedrijf op-

hielden te bestaan, hij voelde zich onmiddellijk volkomen thuis en veilig bij zijn eigen lichaam door dekens
stijf begrensd. Maar de geluiden bleven. In de zolderkamer naast hem sliep er een, de ademtocht gleed
zachtjes gierend af en aan en sprong met een klein
smakgeluidje stuk op elk retour. Zoals je ook op straat
de pas naar de muziek van 't draaiorgel moet regelen,
zo kon de ademtocht van Adriaan hier niet ontsnap-
pen aan het ritme van die vreemde ademtocht. Hij
deed nu mee en kon niet uit de pas, maar af en toe,
uit zuurstofnood, draafde hij bij en ademde hij diep en
snel, zo was 't alweer geen eerlijk spel. Maar soms was
hij die ademtocht naastaan hem kwijt en viel er stilte
die hem angstaanjagend om het hart greep. Als hij het
gedurfd had, was hij uit zijn bed gegelipt om dichterbij
te luisteren, zijn oor tegen de naakte zijmuur aange-
drukt. Maar even later hoorde hij haar weer, ze was
niet dood. Zij was niet dood? O vast, het was een
vrouw, een oude vrouw, had Jans dat niet gezegd? Hij
wist het ook niet meer.

Hij raakte in een toestand tussen halfslaap en verdriet, die ademtocht daarnaast vergat hij en hij voelde
zich alleen, begraven en alleen in diepste duisternis.
De muren van zijn kamertje, het karkas van de zolder
stonden zwijgend, zuchtend om hem heen, hij zag ze
niet. Misschien kwam het door de volslagen blindheid
die de duisternis hem oplegde, hij kon niet dromen
hier. Een droom heeft licht nodig, al is het maar een
schemering door de kier van een gordijn. En even legde hij de handen op zijn warme huid, als wou hij zo
licht vinden voor een droom, maar trok ze weer terug,
uit moeheid en uit schroom.

Toen brak een groot geluid de stilte, er kwam
iemand boven. Alle treden kraakten, niet luidruchtig,
maar toch duidelijk, pantoffels, en geen schoenen. Op
de zolder glisten ze, een spokenstap, en Adriaan keek,
als tot bang verweer gereed, gespannen in de richting

van zijn deur. Een ogenblik gleed er een schijnsel tussen deur en drempel door, toen hoorde hij een deur vlak naast de zijne opendoen en sluiten. Maar nu had hij slechts het oor te leunen aan de wand, waaraan zijn bed geschoven stond, om menselijk terusten-gaan in plaats van spoken te beluisteren. Hij hoorde kleren ruisen en de dekens van een bed opslaan. De half-slaap, het verdriet waren voorbij, hij was niet meer alleen. De muren waren door het duister weggebroken, links van hem sliep – ademde ze nog? – een oude vrouw, en rechts van hem nog iemand, ook een vrouw. Er was iets avontuurlijks en beklemmends in dat slapen met twee onbekende vrouwen in de duisternis. Misschien was dat voorbij als hij ze had gezien. Misschien was 't mooier als hij haar nóóit zag, die slaapgenote rechts van hem. Misschien was ze wel lief en mooi, hoe kwam ze hier, hoe kwam hier nu een lief mooi meisje waar de lakens zacht omheen ruisten, waarvan de ademtocht geruisloos was? Dat zou toch zijn een contradictie als een engel in een graf? Neen, als hij haar ontmoeten zou, dan werd het hemelvaart met de begraven engel en een hellehond bleef misschien over.

Maar toen klonk er wéér een stap, bijna onhoorbaar nu, een zuchtend kreunen van de treden, kousevoeten, en een schaduwachtig naderkomen. Beiden luisterden, zij beiden, Adriaan en zij. Een hand schuurde voorzichtig tastend langs haar deur, een naam werd gescandeerd, zonder geluid. Het meisje kwam haar bed uit, liep op blote voeten over de houten vloer en bleef bij de drempel staan: 'Neen,' fluisterde ze vriendelijk, maar vastberaden, 'neen.' Maar op de drempel, in volslagen duisternis, omhelsden ze elkaar. De nachtjapon van 't meisje ruiste en dat was een tere zinnelijke melodie. Toen bleef het eerst een tijdlang stil totdat er iemand zei: 'Heb je het koud, zo in je nachtjaponnetje, je moet het koud krijgen.'

'Neen,' zei het meisje weer, 'maar toch moet je nu weg.' Weer stak de melodie van ruisen op, en heviger, bewogener dan eerst.

'Nooit zie ik je alleen, waarom mag ik niet binnenkomen, even maar.'

'Neen,' zei het meisje voor de derde keer, 'kom, wees nu lief.' En ze bedoelde daarmee dat hij weg moest gaan. Toen maakte ze zich vastberaden uit zijn armen los, wat weer een melodie werd in de nachtstilte en vlak daarop sloot ze haar deur.

Adriaan lag roerloos, met wijdopen ogen, naar de muur gekeerd. De schaduw liep de zolder af en alle treden kreunden gesmoord. Het meisje vlijde nu haar wang weer in het kussen en ontmoette blind de wijde blik van Adriaan. Ook zij lag naar dit sterven van het avontuur te luisteren. Toen was het weer volkomen stil. Ze huiverde, ze had het koud gekregen en ze trok de benen op en legde 't blonde hoofd begeven aan de borst van Adriaan. Ze merkte niets, want Adriaan bleef roerloos als een dode en zijn adem hield hij vlak en licht als van een kind. Hij had ook graag zijn harteklop gestild, die zwaar en machtig voortging als deed hij een biecht van zijn verschrikkelijk verlangen. En alsof zijn brandende wijde ogen haar zijn brandende aanwezigheid verraden konden sloot hij ze. En eindelijk, toen hij haar ademtocht heel traag, ook thans nog nauwelijks te speuren, in het ritme van de slaap in gaan en komen hoorde, durfde hij te gaan verliggen, toch nog met een air van argeloosheid alsof hij niet wist dat ze daar naast hem sliep. Zo bleef hij waakzaam en gespannen in een nieuw en bitter geluk de duisternis in staren, hij had zoveel uit te denken voordat hem de slaap lief werd, nachten, nachten achtereen zou hij dat nieuwe in hem kunnen voortdenken. Eerst liep zijn schaduw zacht de trap op en de zolder over en hij klopte op haar deur. Zij legde beide handen op zijn borst en wou hem tegenhouden. Maar toen sloeg hij wild zijn armen om haar heen en kuste haar. Al zijn verwachtingen werden ontdekkingen: haar zachte huid, de zachte prikkel van haar blonde haren en haar mond. En deze episode moest hij telkens weer uitdenken, nooit had hij vermoed dat daarin eenzaamheid, nood en vertroosting zo dicht bijeenlagen. En toen hij moe werd van dat op de drempel staan, van het omhelzen en ervaren van dat wonderwezen dat zijn ziel en lichaam vervolmaken kon, verzonk hij in een halfsluimer waarin hij zelf de hoofdrol kreeg. Kijk, wat een kerel toch, die Adriaan. Hij ging niet als verstekeling, maar laat ons zeggen met een zeer belangrijke geheime missie over zee. Hij schonk zijn leerboeken aan arme jongetjes en hield een speech ten overstaan van alle domme schoolmeesters. Zijn adem stokte, bijna dacht hij aan de meetkunde die hij voor morgen kennen moest. En moeilijk en behoedzaam kwam hij weer aan de reling staan, de boot maakte zich grandioos en plechtig van de walkant los en stoomde tergend langzaam weg. Moeder en Jans en Mien stonden te schreien en te wuiven, nu pas wisten ze wie daar wel ging. Ook stond daar nog een lief mooi meisje met blond haar. Ze was verliefd op hem en kon dat tergend langzaam van haar weggaan niet langer verduren. Snikkend keerde ze zich af, hij keek haar juist nog even op haar prille meisjesrug. Hoewel hij haar gevoelens best begreep, kon hij er zich toch niet te veel van aantrekken, tenslotte kende hij haar immers niet?

(1946)

# Ram Horna

De ram Horna stond voor het houten hek. Het hek bestond uit gekruiste latten, en versperde de weg tot vrij-
heid. Achter de ram Horna strekte zich de weide uit,
een kostelijk oord waar vrede en wet heersten. De her-
der personifieerde de vrede en de wolfshond met zijn
nostalgie naar bloed de wet. Niettemin wou de ram
Horna uitbreken. Het malse gras en vrede en wet waren sinds zijn ontwaken deze ochtend volkomen ver-
vreemde dingen voor hem. Hij voelde zich als een man
voor wie de begrippen vaderland, God en satan afgedaan hebben zonder dat daar iets nieuws en groters
voor in de plaats gekomen is. Hij stond dus buiten alle
goeds en kwaads, en voelde zich leeg, absoluut leeg.
Hij kon zich ternauwernood meer voorstellen wat hem
vroeger ooit gelukkig of ongelukkig maakte. En hij
keek de versperde weg op met ogen die geel van nijdig
gestemd verlangen waren, maar waarin vlekken dre-
ven wijzend op klaaglijke melancholie. Ach, die ram
Horna! Achter hem over heel de weide doolden vele
schapen die hem als minnaar kenden. Hij was een
goed en slecht minnaar tegelijk. Het was als hij een
schaap besprongen had, alsof hij, ondanks zijn geweldige liefkozing, deze zelf slechts had gevoeld als de
prologus van een waarachtiger bevrediging die uit-
bleef; een mystieke bevrediging die niet de geliefde
bevruchtte, maar zijn eigen verlangende ziel. Onmiddellijk na zo'n prachtige maar miserabele paring trok
hij zich terug in zijn eenmaal onontkoombare isolement. De ooi, die hij genomen en verlaten had, keek
hem na met moederlijk trieste blik in de glanzende
ogen en had het gevoel alsof zij te kort geschoten was.
  Ja, men moest de ram Horna wel liefhebben gelijk
een onterfde van het paradijs. Horna liep vermoeid,
met gekromde nekspieren, en iedere ooi zag er haar

verloren zoon in, wie zij met haar liefde slechts een pleisterplaats had verschaft en niet het hervonden huis. En zij voelden schuld omdat de ram Horna haar zoveel gegeven en tegelijk zoveel vergeefs gevraagd had. Wat zij niet zagen, doordat hij haar eenmaal zijn machtige vermoeide achterschonken had toegekeerd, dat waren zijn ogen, geel van nijdig verlangen, gevlekt door troebele melancholie. Als hij nog een klein lam was geweest, ram Horna, zou hij pesterig en wreed alle ooien de mooie ranke poten hebben stukgestoten en daarna zou hij, in kinderlijke zelfoverschatting, wijl dat eerste gelukt zou zijn, de wolfshond uitgedaagd hebben gelijk een Siegfried de draak. Ram Horna stond nu echter in triest isolement voor het hek waarin het wirrelde van gekruiste latten, kruisingssymbolen, en bezon zich vergeefs op een gelukkiger verleden. Maar alleen dat ene was en bleef, een leegte zonder vaderland en zonder God en zonder satan zelfs. Was hij het die eens met de leeuwerik samenging in poëtisch verbond? Ja, er was een tijd dat die zinneloos juichend voor hem opsteeg en hij zelf zijn trotse naïeve dierekop hief hoog naar de hemel toe. Zijn ogen werden dan smal en doorzichtig diep, en de leeuwerik zong zijn duister en dolend wezen vol van een lied dat hem tempteerde en gelukkig maakte. O, dat tempterende geluk, waardoor was hem dat ontgleden? Op dit moment brak hij uit. Er was geen hek meer met kruisingssymbolen. Hij liep de wijde wereld in als liep hij een droom binnen die hij zich niet herinnerde. Hij liep met gekromde rug en vermoeide nekspieren, langs naakte wegen, door dorpen en steden, en eindelijk kwam hij terecht in een stad waar op een marktplein een groot feest was. Er waren dieren, monsters en mensen, en de ram Horna was daartussen geen opzienbarende verschijning. Hij liep langs een meisje dat naar hem knipoogde, langs een paard dat hem vermoeid en bezorgd aankeek vanonder haar dikke ponyharen, een echt moederpaard, en langs een vrouw met een dolfijnestaart, een zeemeermin, die hem schel lonkende ogen vertoonde in een schel geblanket gezicht. En toen vond hij plotseling rust en welbehagen in een gezelschap wezens dat rond een tafel bijeenzat als ter bespreking van grote dingen. Grote dingen gebeurden er ook in hem. Hij kon vol zijn als de beker wijn die een tere man met een cameeënprofiel ophief naar zijn droefgeestig lachende mond, en hij was leeg als de kermismuziek die grote geluidsgebaren maakte boven het zingen en lachen der feestgangers uit. Het gezelschap bestond, met de ram Horna mee, uit zes. 'Schoppen zes, onrust,' zei een meisje met gloeiende ogen. 'Klaveren zes, tranen,' zei een vrouw met een malicieuze glimlach: die vrouw keek de ram Horna doordringend aan en legde toen haar open lege handen voor hem op tafel neer. 'Ruiten zes, geld,' zei een derde, en dat was de levende camee. Toen reikte een vierde begerig over de tafel heen en stak een vogelkop die aan leeuweriken en condors deed denken, zo kwetsbaar en zo machtig was die, tot vlak onder de stille viskleurige ogen van de ram Horna en zei: 'Liefde, harten zes.' Maar de zesde van het gezelschap verrees, klom op een stoel en keek vorstelijk verachtend neer op Horna en de vier anderen. Dit wezen was half man half vrouw en had ogen waarin somberheid en plezier tot een vertroebeld hennabruin samenvloeiden. Het had sluike haren, bruuske bewegingen en het hief de armen op als om demonen te dirigeren in een concert. Het hief in eenzame vervoering een lied aan dat als logge confetti op de opgeheven gelaten der anderen terugviel. Het was een goedkoop maar opwindend lied over verstoten harten en verloren geluk. De opgeheven gelaten lachten gloeiend en lieten zich meevervoeren, maar de ogen bleven leeg. Toen vielen de mokerende dirigeerarmen van het wezen welbesloten neer, het schoof snel op de stoel en weer aan tafel en het vroeg bezwerend: 'Heb ik gelijk of niet?' Men stootte de glazen aan en terwijl de hoofden lachend beaamden dronk men met lege blik. Totdat de camee naïef verried: 'Wij leugenaars.' Dat werd het sein tot een chaotisch druk gebaren, een van de tafel terugwijken als onder een slag, een zich aan de tafel vastgrijpen als in een val; zo voelde ieder der vijf anderen zich ontwapend en ontroerd. Het wezen met de hennaogen hief als in een vaarwel een zware hand op en keek doordringend afkeurend naar de camee en liet toen met een berustend gebaar die hand weer neer. De vogel hief haar sierlijke handen als vleugels omhoog en lachte met klokkend keelgeluid. Het meisje met de gloeiende ogen keek verschrikt en de vrouw met de lege handen dronk snel haar glas leeg en zette dat met een uitdagend malicieuze glimlach omgekeerd op tafel alsof zij er een illusievlinder onder vangen wou. De ram Horna keek de tafel rond en in zijn ogen kwam het nijdige verlangen en de melancholie. Ik kan niet liegen, zei hij, want ik ben leeg. Het was alsof hij zich hiermee aan het gezelschap voorstelde, het ging vergezeld van een hoffelijke nijging van zijn moede nek. Daarop bogen er zich vijf koppen naar hem toe, die hem aandachtig in de ogen keken. Alle vijf zagen dat hij zonder vaderland en zonder God en zonder satan was en dat hij drie dingen verloren had als in een vergeten droom. 'Wat was dan toch die droom waar ze nog bestonden,' vroeg het meisje met de gloeiende ogen, 'was het een vrouw?' De ram Horna dacht na en zei van neen. 'Je voorbije jeugd misschien,' vroeg de vrouw met de lege handen en ze keek daarbij naar zijn gebogen rug. De ram Horna dacht na. De condor pikte daarop vinnig toe: 'De droom kent geen tijden, geen grenzen, maar eeuwigheden en oneindigheden.' Ze zag in de geest de Andus, en de oceaan aan weerszijden van Amerika, en vloog toen zo hoog, dat de oost- en westhorizon elkaar ontmoetten en de aarde een bol werd. Het meisje en de vrouw schaamden zich om hun domme veronderstellingen en gleden laf onder tafel. Twee weg. Het condorwezen voelde zich daardoor plotseling heel superieur; het stond op en liet heel de aardbol op haar sierlijke vingers balanceren: het zei: 'Ik zal de aarde naar God smijten, dan wordt het wel goed voor jou!' En het stond op en verdween in de nacht. Drie weg. Toen kwam de camee aan de beurt. Die zei: 'Ik zal jenever halen, gloeiende jenever; die brandt wonden als gaten dicht.' Hij verdween maar keerde niet weer, want liep een paar verliefde armen in. Vier weg. Tegenover de ram Horna zat nu nog het wezen met de hennaogen. Dat boog diep naar hem toe en zei met zachte trage stem: 'Liegen, liegen, tot het waarheid wordt!' En het zwaaide lerend met een vinger voor zijn ogen heen en weer, en heen en weer, een vinger die steeds langzamer, steeds langzamer bewoog en die een floers ging weven, een zwart floers waarachter heel het hennawezen schuilging. Vijf weg. En de kermismuziek liep af als een afgewonden grammofoon. En zo was alle geluid ook weg. Toen sliep de ram Horna in, een jaar en dag lang. Hij sliep leeg en stil, als in het moederlijf der aarde of als in de vruchtbare dromenschoot van de geest, jaar en dag lang. Het wonderlijke was dat hij ontwaakte op eigen weide en door de hoge trillende zang van de leeuwerik. Hij begreep niet waarom hem tranen in de ogen welden. Hij veegde ze weg en keek de lucht in. En toen werden zijn ogen smal en doorzichtig diep, zo tempteerde hem een nieuw geluk. Hij stond op eigen bodem en God en satan vochten met elkaar als goede vrienden en de leeuwerik danste zingend tussen ram Horna's hemel en ram Horna's aarde.

(1947)

Ze vroeg: Weet je al van dat avontuur van Rosalie?
En met dichtgeknepen ogen tuurde ze langs me heen.
Het was alsof ze Rosalie daar zag, vlak achter me, of
wel dat avontuur van Rosalie als op een scherm gepro-
jecteerd, ook achter me. Een ouwe jongejuffrouw, eenzaam, mager en verdord. Ze woont op een etage, dood-
verklaard door 't leven zelf. Alleen leveranciers, een
bakker en een melkboer en een groenteman, die weten
nog dat ze bestaat. En dan de postbode die haar een
kaart bezorgt, een zwartomrande kaart, en dat is het
bericht van overlijden van oom Berthold. En oom Berthold, moet je weten, een stokoud en jichtig heer, bezat een inboedel waaronder zich een klok bevond, een
prachtige antieke klok met koperen gewichten, met
een beschilderde wijzerplaat en met als kroon erboven
een stralende zon.

En Rosalie, vroeg ik, die aasde op die klok? – Zij,
Rosalie, toen ze die kaart gelezen had, voelde zich
eerst heel warm en gul gestemd. Ze had altijd een
warme gulle sympathie gevoeld voor de verliezers in
het leven, en oom Berthold, die nu dood was, was ver-
liezer. Bovendien was het ontwapenend attent dat
men eens niet vergeten had daarvan ook haar bericht
te sturen. Maar toen dacht ze aan de klok en werd het
haar bewust dat ze die hebben wou en hebben moest.
Haar heftige begeerte dicteerde haar meteen dat die
ook niemand anders kon of mocht toevallen dan haar.
Ze wist gelijk ook waar die hangen zou, bij haar in
huis. Er was een lege plek op een der muren die als 't
ware op dat erfstuk scheen te wachten. En er was een
leegte in haar zelf die ook te wachten scheen. Want
was het niet als kind al dat ze naar die klok had opge-
zien, met een schuw kijkend en soms met opzettelijk
aandachtig oog! Er was toen angst in haar, als ze zich

goed herinnerde, een bijgelovige respectueuze angst, alsof de klok een onheilsteken geven kon. Maar, dat onheilsteken gold niet haar. Rustig, zwaar, vermoeid tikte hij voort, met af en toe een rasperige zucht die natrilde tot in de kettingen en de gewichten. Maar plotseling zou hij ook kunnen stilhouden, en op dat uur zou er een mens sterven. Niet zij, het kind, voor wie het leven eeuwig was, maar een van hen die tussen dood en leven in stonden. Voordat echter de stilte komen zou, een stilte van een diepte en een hoogte waarin alles in het huis betrokken werd en tot fossiel verstarde, zou daar nog een schaduwhand verschijnen boven de zonnekroon, een hand die waarschuwend het naderende doodsuur aanwees. Later, in de jaren tussen dood en leven in, scheen ze de klok vergeten. Maar ze kwam ook nooit meer bij oom Berthold. Zij en haar tweelingbroer, de dwaze Egbert, die inmiddels was gestorven, hadden nu eenmaal nooit meegeteld.

Een tweelingbroer, vroeg ik, had ze een tweelingbroer? Ze leken sprekend op elkaar, Egbert en zij, vooral toen ze zo oud geworden waren dat het verschil in sekse niet meer gold. Maar bovendien hadden ze ook nog beiden dezelfde haarziekte waardoor ze schedels hadden als biljartballen.

Maar Rosalie, zei ik, die droeg een pruik.

Een pruik van dun bruin haar. Die pruik, daar gaat het om. 's Avonds, voordat ze naar bed ging, trok ze er de blanke stalen spelden uit met een gebaar alsof het om haar eigen haren ging. Die vielen dan in dunne bruine strengen langs haar hoofd. Maar daarna legde ze de dorre handen op de slapen en schoof ze heel haar beharing als een kapje af, en dat hing ze dan aan een spijker aan de muur. – Gelukkig dat geen kind daar ooggetuige van kon zijn, want een volwassene zou zelfs gegruwd hebben. Zo zonder pruik was ze half man half vrouw of nog erger, noch man noch vrouw, een spookachtig hermafrodiet, een fenomeen dat zelfs niet op een vader en een moeder te herleiden was, en dat wangedrocht scheen van perverse fantasie, een wezen, zo uniek, zo eenzaam, dat het uit de eeuwigheid geschapen scheen alleen om je een doodsschrik op het lijf te jagen. – Ze hing haar pruik dus aan een spijker aan de muur. Ze had haar nachtjapon al aan, een witflanellen nachtjapon die haar verdorde lichaam ruim verhulde. Haar dunne schouders hingen moe naar voren, en haar borst was plat. Haar dunne hals met de geprononceerde adamsappel, okergeel van kleur, hing ook naar voren. En daarboven stond het naakte hoofd. De ogen, die juwelen in het menselijke aangezicht, waren als valse edelstenen; glas, beschadigd en betraand. Ach, en hun blik was dolend en verstrooid. Op tafel lag de kaart, de rouwkaart van oom Berthold, een wit met zwart bedrukt kartonnetje in zwarte lijst. Die zwarte lijst stond eigenlijk om al wat Rosalie die avond dacht en voelde, en om al wat ze zich maar kon herinneren. Was ze bij voorbeeld ooit een kind geweest met pure blik in kinderogen, of een meisje met een jong warm lichaam? Had ze ooit als kind aan engelen doen denken, of als meisje het verlangen in een jong begerig bonzend hart gewekt? En denk dan aan de zomer, aan een mooie laan vol groen gebladerte en gouden schaduwen, en aan een jonge vrouw die daarin wandelt, traag van geluk, en traag om haar bevruchte schoot. Neen, Rosalie weet uit haar kinderjaren nog dat ze met Egbert bij oom Berthold op visite was. Ze zat daar op een stoel met glanzend gewreven sporten, en de stoel stond op een glanzend vloerzeil, en het glanzend vloerzeil was zo koud en spiegelglad als ijs. Maar Rosalie schaafde de stoelsporten niet met haar schoenen af, en op het spiegelgladde vloerzeil gleed ze uit. Ze was oom Bertholds oogappel. Wat ging er om in Rosalie als ze daar op die stoel en voor een glaasje melk zat? Dan was het de klok die haar door zijn geduchte schoonheid intrigeerde. Wanneer de tijd naar halve en vooral naar hele uren liep, kon ze haar ogen er ternauwernood vanaf houden. Met een amechtig rasperig geruis vooraf, als in een zwaar astmatische mensenborst, zwol dan van binnenuit de luide stem. Een stem die bang maakte, die zich geweldig en verpletterend over je heen spreidde als met een lichaam. En dat bang-zijn en dat weg-ebben van angst, als het gewone tikken er alleen weer was, dat had een nameloze duistere bekoring. Later toen ze jong meisje was, droomde ze eens, die Rosalie, dat ze in een groot huis woonde en dat ze daarvan wijd de deuren open rukte met joyeus gebaar. Op dat moment begon de klok te slaan, luid, op het ritme van haar eigen hart. En toen ze uit die droom ontwaakte, wilde ze erover nadenken en er een symboliek in vinden. Maar dat was haar niet gelukt, en toen had ze ontgoocheld even liggen huilen net alsof haar iets bijzonders was ontgaan. Toen ze een jonge vrouw geworden was keek ze terug op één erotisch avontuur. Een man had haar eens aangesproken, een vreemde man op straat. Dus iemand die niets van haar wist. Drie avonden had ze met hem gewandeld in de buitenwijken van de stad. Ze vond hem onbeduidend en vervelend. Maar hij wist niets van haar pruik. De derde avond ging het echter werkelijk op een vrijage lijken, de vrijage van een man met een gewoon jong meisje dat hij lief vindt. Want al wandelend sloeg hij zijn arm om haar middel en zijn hand gleed tot vlak onder haar rechterborst. En daarmee voelde ze zich toch weer in het gedrang raken en zei ze 't maar, dat van die stoornis in de haargroei. En hij ging toen met haar op een bankje zitten in een kaal plantsoen. Onder het bankje stond een modderplas, want 's middags had het urenlang geregend. Maar de idylle die ze duchtte, een verliefde hand die in haar haren woelen zou, bleef uit, misschien niet eens alleen door wat ze hem verteld had. Zonder woorden, zonder kus en zonder aarzelen greep hij onder haar rok. Een aanranding, meer niet. Het brute en vulgaire in de aanranding werd jarenlang het thema van een even prikkelende als beschaamde wellustfantasie. – Maar, al die sentimenten zijn verdrongen en vergeten in een ver verleden. Het gaat nu nog maar om wat er van die Rosalie van vroeger over is, een oude vrouw die eerst haar kamerdeur op slot deed, zich dan uitkleedde, zich hulde in een witflanellen nachtjapon en dan haar pruik ging hangen aan de spijker. Vertel verder, zei ik dus.

Die spijker, ging ze voort, die had ze zelf eens in de muur geslagen, vlak boven de schoorsteenmantel, niemand wist waarvoor die diende, een toiletgeheim. Die avond was ze erg verstrooid doordat ze vol gedachten was, verbitterde begerige gedachten. Ze zocht haar bed en legde zich ter ruste als een mokkend kind. Maar buiten stormde het. De wind kwam door de nette straat geraasd en stond dan stil en stootte met een harde kop tegen het raam van Rosalie. De wind gedroeg zich als een demon, machteloos, verbeten, en bezield van zelfhaat, en het liefst zou hij zich willen stuk stoten daar op dat raam van Rosalie. Maar Rosalie hoort het ternauwernood. Want in haar zelf raast ook een demon, honderden rancunes en één hevige begeerte, des te heviger naarmate het haar lukt terug te denken aan haar jeugd, een zure hypocriete en gekwelde jeugd op glanzend vloerzeil, en een prachtige mysterieuze jeugd vol klokgelui dat zich over haar heen vlijde tot een enorme zoete koestering. – Ze merkt niet eens dat er een tocht blaast door het huis alsof een adem over alle dingen strijkt. Ze merkt natuurlijk ook niet dat de pruik na wat gewiegel van de spijker valt en op de kachelplaat. – Die pruik verbrandt, zei ik. – Ja, en om drie uur in de nacht ontwaakte Rosalie alsof een spotgeest met een schroei-adem haar in 't gezicht geblazen had. Van schrik vergat ze wat ze in die korte slaap gedroomd had. Ik weet het nog. Ze droomde dat ze op het kerkhof stond, en aan een open groeve. De kist zonk langzaam en geruisloos daarin neer. Die kist, daar lag oom Berthold in. Maar die stond ook daar tegenover haar, tussen de treurende familieleden, maar vreemd was dat niet. Hij was heel oud, heel mager, mager als een ram, maar toch had hij een hangbuik en, van magerte dan weer, heel slappe hangwangen. Er was een aureool van droefheid om hem heen. Geen wonder, straks zou heel de stoet teruggaan, behalve dan de voorste koets, en men zou eten, drinken en verdelen. O, als Rosalie zich in zijn plaats dacht, roffelde haar hart van ergernis en angst. Toen vloeiden er twee sentimenten samen, de angst dat men zou eten, drinken en verdelen, en de angst dat dit niet plaats zou vinden; zo was ze oom Berthold en zich zelf, de Rosalie die om haar erfdeel kwam. Maar die twee sentimenten schenen elkaar te vernietigen en een gevoel van rust kwam over haar. Ze wist toch, in haar droom, dat ze haar tweelingbroer, de dwaze Egbert, ook vaak begraven had, nog jaren na zijn dood, en dan zag ze die ook tussen de treurenden, een spichtig mannetje met een biljartbalhoofd. Ze was vertrouwd met weergekeerde doden. 's Nachts stonden ze impertinent in 't leven, zij het dan ook met die mysterieuze aureool van droefheid om hun stille hoofd. Maar op de dag waren ze zoek, veilig besloten in hun graf, en waren dood en leven vestingen van vijanden die zich niet aan elkaar vertoonden. Op de dag was Rosalie alleen, en hingen alle kleren van de dode Egbert roerloos, en voorgoed, met kamfer in de zakken, in de kast. En morgen, op de dag, als ze op reis zou gaan, zou ze oom Berthold weerzien, maar stil in zijn kist, heel stil, om nadat hij bezichtigd was ten afscheid, voorgoed het deksel op de neus te krijgen. Onbewogen, gul, liet hij maar met zich doen, en hij zou achterblijven op het kerkhof en hen laten eten, drinken en verdelen. –

Maar, hervatte ze, toen Rosalie ontwaakte door die schroei-adem die haar boosaardig in de neus blies, wist ze ook gelijk wat er gebeurd was. En ze haastte zich ternauwernood. Waarom ook, als het om een onherstelbaar feit gaat? Langzaam, maar ze voelde zich verdoemd en ongelukkig, liep ze op de kachel toe, trok met een pook de plaat opzij en schoof de kaal gebrande pruik in 't vuur. Daarna liep ze terug en ging ze op haar bedrand zitten, met gebogen rug en met de handen aan weerszijden om de beddeplank. Het was alsof ze op een schommel zat, maar stil, als een vergeten, ongelukkig kind. Een kind, alleen gelaten, op een schommel in een tuin. – Ik zag het, ik zag ook haar ogen, weerloos en gemarteld, als twee vliegjes in een web. Heel in de verte juichten de anderen, jong, wreed. Straks dwaalt er een tot hier, tot bij de schommel, kijkt, en loopt terug. Geen kind dat van haar houdt, geen kind, geen mens. Het jonge meisje, dat ze werd, zat op een avond op een bank in een plantsoen, die bank stond in een modderplas. De jonge vrouw, die ze ten slotte werd, boog zich vijandig naar het eigen spiegelbeeld en loerde langs de spichtige contouren van een lelijk en vroeg-oud gezicht en hief de handen naar de slapen en scalpeerde zich met een afzichtelijk bekwaam gebaar.

Ze hield de dode hoofdharen op spitse vingertoppen en bekeek haar blote hoofd, dat gladde blote en obscene hoofd, obscener dan haar blote lichaam met de zakjesborsten en de dorre buik. – Maar, mijn vriendin, die me het avontuur van Rosalie vertelt, is een bourgeoise, dus is ze betamelijk, niet rauw en niet impertinent, zelfs in haar fantasie heeft ze manieren. Zij spiedt dus niet naar Rosalie, kind met gemartelde en rancuneuze ziel, noch naar het meisje met de wensdroom aangerand te worden, evenmin ook naar de jonge vrouw met het scalpeercomplex, of naar de ouwe jongejuffrouw met een innerlijk nog troebeler dan een riool. Ze zegt sereen: Maar hoe moest Rosalie nu ter begrafenis? – En, waar het eerst om die antieke klok ging, om die zonnewijzer van het noodlot, om dat carillon van haar herinnering, daar ging het nu alleen maar om een koppig en haatdragend doordrijven.

Met haat dacht ze aan Egbert, aan de dwaze tweelingbroer, die door het leven was gegaan zonder één grief, zonder één klacht om dat biljartbalhoofd. Hij tikte met een bijna nagelloze vinger op de rechter schedelhelft en zei: Er zit niets op, er zit wat in... en lachte zijn kalkarme tanden bloot, en later nog de parels van zijn kunstgebit, en nooit had hij beseft dat hij een dwaas was. – Maar die vriendin van mij, die furieus intelligent is, weet natuurlijk net zo goed als ik dat nu die klok alleen niet meer haar tot de volgende gedragingen kan brengen. En ze zegt: En ze benijdde Egbert, die had kunnen gaan en staan waar hij maar wou en zonder dat hij ernstig aanstoot gaf. Hoogstens vond men hem curieus, en daarop was hij bovendien nog prat gegaan. Hoe ouder hij ook werd, hoe minder viel hij op, en toen ging hij dan ook opzettelijk vertellen dat hij al zijn leven kaal geweest was. Wanneer kwam voor haar het ogenblik dat heel haar lot niet meer vergiftigd werd door zo'n futiel verschil tussen de anderen en haar! Was zij geen mens, precies als alle anderen? Zij, die het wisten, zeiden onvermijdelijk: Ze draagt een pruik. En dat is heel iets anders dan: Ze draagt een bril. Zij, die het niet wisten, die konden het ontdekken. En als ze nu eens geen genade had, noch voor zich zelf, noch voor die anderen? En zich niet dwingen liet tot huisarrest? Ze greep een handspiegel. Als ze de wereld zó eens onder ogen kwam? Ze keek er in. Ze zag een naakt gezicht en een illusieloos hardvochtig turend oog. Ze vond zich zelf afzichtelijk, vooral die naakte gele opperhuid van oogkassen tot in de hals. Ze glimlachte, een dwaze lach, de lach van Egbert. En toen wás het Egbert die haar in de spiegel aangluurde, met manlijk oog en dwaze lach. Ze tikte met een bijna nagelloze vinger op de rechter schedelhelft en zei: Er zit niets op, er zit wat in... Ik dacht: maar nu vergeet ze te vertellen dat onmiddellijk daarop dat lachende gezicht verstijfde tot het dodenmasker dat ze op het witte kussen had gezien en zo aandachtig, zo vaak had bekeken dat het een pathetisch afscheid had geleken. Maar dat was het niet. Ze was alleen verbaasd geweest dat zulk een dwaas als Egbert zo sereen en zo verheven dood kon zijn. In leven was hij toch maar een kantoorklerkje, om wie men lachte, die men voor de gek kon houden of die vriendelijk bejegend werd zoals men aan een hond een korstje brood toewerpt. Maar toen hij dood was, leek het of hij enkel maar geleefd had om te kunnen sterven, of hij zich dat idiote grinniken, dat tikken op zijn rechter schedelhelft had kunnen permitteren, of hij altijd boven zijn bespotters en belagers had gestaan, zo lag hij dood met de sereniteit van een zachtzinnig offerlam. Hij leefde groter, schoner in zijn dood dan ooit tevoren. En zijn zuster Rosalie hing niet alleen met ongekende piëteit zijn kleren in de hangkast, maar zo zorgenvol als moesten die gereed gehouden worden voor zijn opstanding. – Maar mijn vriendin vervolgde: En toen was het Egbert. En na die ontdekking legde ze de handspiegel weer neer en keek ze schuw in de richting van de kast. Er kwam een denkbeeld in haar op, zo avontuurlijk, zo stoutmoedig, dat het haar als 't ware voortdreef buiten haar bezinning om, buiten haar wil... Ze gleed dus van de schommel om de liefdeloosheid van de kinderen te gaan negeren, en van de parkbank om zich trots te weren tegen de aanranding, en van de bedrand om de opstanding van Egbert te voltrekken, van een Egbert die de wereld met een lach en met een vingertikje op zijn gele schedel baas was. En ze deed dat alles met een troosteloos somnambulistische gedrevenheid.

Ze opende de kastdeur en ze greep het zwarte pak, de zwarte jas, de zwarte gleufhoed en de zwarte schoenen, ook een wit overhemd met een zwart vlindertje. Ze kleedde zich en legde hoed en overjas gereed voor haar vertrek. Toen ging ze weerom op de bedrand zittend en bekeek zich weer in de handspiegel; het wás Egbert. En even leek het of ze ervan schrok, van die ontmoeting met een dode. Maar toen haar ogen openspalkten en haar kaken beefden, deed hij dat ook. Toen grinnikte ze en hief, net als hij, haar bijna nagelloze vinger op: Er zit niets op, er zit wat in... Zo bleef het tot een winters morgenlicht was doorgebroken en de eerste mensen over straat gingen. Ze greep de overjas en trok die aan. Ze voelde zich loodzwaar in al die stugge kleren. Toen drukte ze de zwarte gleufhoed op haar biljartbalhoofd en sloop de trap af en de straat uit. Ze nam een tram, een trein, en daarna weer een tram, en zo kwam ze bij 't sterfhuis. Het kwam goed uit dat ze zo huilerig geworden was. Ze had het wel gemerkt, er was geen mens op straat, of in de tram of in de trein, of hij moest naar haar kijken.

Maar ze deed eerst alsof ze dat niet zag, en hield de ogen neergeslagen met een echte Rosalie-stugheid. Maar daarna spiedde ze weer rond en als er dan nog iemand keek, begon ze maar te grinniken. En als zo iemand dan welwillend en meewarig naar haar knikte, trok ze vlug dat dodenmasker vol bezonken en afwijzend majesteitelijke rust. Maar dan ging men elkander aanstoten en zo meewarig knikken dat de tranen haar wel in de ogen moesten springen. In het sterfhuis aangekomen, vond ze het zelfde meewaren, het zelfde aanstoten en knikken, maar nu van mensen die zelf ook betraande ogen hadden. Ze wou zich goed houden, het werd te erg, ze zou de hele wereld aan het huilen brengen, en ze vocht tussen het dodenmasker en het grinniken, de onaantastbaarheid op twee manieren. Maar, te laat, de tranen bleven wellen. En het gekste was, ze was oom Berthold glad vergeten. Dat van die klok, dat wist ze nog. Ze zag die klok ook hangen, het was een oud en lelijk ding. Ze dacht: ze hebben er een andere voor in de plaats gehangen. Maar, ze was er eenmaal voor gekomen en ze zei: Ik kom die klok halen. En dat herhaalde ze in alle mogelijke toonaarden, eerst jengelend en huilend, dan grinnikend, en dan weer waardig met stijve lippen. Totdat een vriendelijke heer die klok ook van de wand nam en naast haar stoel zette. Ze streelde zachtjes het zonneornament alsof het de gedweeë kop was van een dier. Een poosje later kwamen er twee verpleegsters binnen en die zeiden haar dat ze als ze nu die tranen eindelijk eens droogde mee zou mogen. Toen grinnikte ze op haar best en tikte daarbij zelfs met nagelloze vinger op de rechter schedelhelft. En wat ze daarbij zei, begrepen alle familieleden, hoewel het onverstaanbaar was. Een der verpleegsters droeg de klok. De andere gaf haar vertrouwelijk een arm. Kom nu maar mee, opa, zei ze, of moet ik oma zeggen. Oma, zei ze en ze voelde zich opeens heel rijk en heel gewichtig. Ze stapte in een ziekenauto, waarin ze zelfs mocht liggen. Ze was doodmoe, ze sloot haar ogen van puur welbehagen.

Haar naakte hoofd, dat op het witte kussen lag, was toen verbazingwekkend Egbertiaans; op zo'n serene en verheven wijze leek het dood.

(1947)

De kleine mevrouw Janine had werkelijk meer bitter
dan zoet aan het leven geproefd en toch, ze was nog zo
ongeschonden romantisch. En dat was een grote charme in haar. Hoe haar ogen waaromheen toch rimpels
getrokken stonden door zeer volwaardige verdrietelijk-
heden, hoe die ogen intelligent, schuldeloos en ver-
wachtend tegen nieuw gebeuren in het leven konden
inknipperen als bijna verblind reeds door het licht der
verrassing! Dat was mooi. En menigeen ook, die eerst
helemaal niet van plan was om haar met een verrassing te verblijden, deed dat dan toch. Zo gewerd haar
soms liefs, dat ze dus zelf opvorderde met dat bekoren-
de ooggeknipper, dat flirten, zou men kunnen zeggen,
op een onerotisch plan. Het geheim was dat mevrouw
Janine zich beroepen kon op een verre verwantschap
met de engelen die zich nog slechts met schroom in-
carneren als impulsen van morele schoonheid en nooit
meer als totaliteiten in mensen. Deze verwantschap
met de engelen was mevrouw Janines teveel en tekort,
haar lust en haar zorg, de bron van het zoet en het bitter dat haar gewerd. –
Het was herfst en mevrouw Janine liep op een bui-
tenweg. Niemand kon in deze kleine voortstappende
mens het naïeve schone elan bevroeden van de stemming die haar vervulde. Ze voelde zich eenzaam en
onverzadigd, en dat richtte een jonge en gretige melancholie in haar aan waar ze geen weg mee wist. Ze
liep als voortgedreven door een ongekende maar on-
loochenbare drang die zeker wel weer tot een verrassing voeren zou. Het leven kon voor haar eenmaal
nooit een tijdscurve zijn die opliep en in de herfst en
daarna in de winter van het verouderen en sterven
diep neerviel; het leven bleef voor haar als een hori-
zonlijn, van eeuwigheid en oneindigheid de begren-

zing die er in wezen niet is. – De herfst was mooi; arm, stil en groot. Het land was arm, de machtige hemel stil en groot. Af en toe staken er windvlagen op, waaronder blaren ruisten en rookpluimen uit boerenhoeven verwaaiden. Die boerenhoeven lagen verspreid en onbeschut in het wijde land. En toen de kleine mevrouw Janine haar stap vertraagde om die enkele boerenhoeven te tellen, drong het tot haar door hoe ontluisterend reëel en eenzaam die dingen daar lagen en steeg er in haar die kinderlijke nostalgie naar het sprookje, naar het wiegelied tot de droom. –

En wat verderop vond ze de tuin. Een kreupel hek scheidde het van de weg. Mevrouw Janine stond voor dat hek en keek die tuin in als een kind dat, hierheen gezworven, het land van herkomst harer dromen ontdekt. Haar ogen werden van een heel zuiver blauw en knipperden tegen dat verrassende wonderland in. Het moest heel lang geleden zijn dat mensen dat betreden hadden. Het aarden hoofdpad lag overwoekerd door steile toefen mos van een prachtig bruingroen. Aan weerszijden lag verwilderd gazon, bezaaid met paddestoelen uit sprookjes en griezelverhalen. De struiken leunden dicht op elkaar en grillig in elkaar verstrikt. En de bomen, hoog en voornaam, wiegelden eenzelvig zingend hun hemelse blaren. Mevrouw Janine duwde het tuinhek open en ging beschroomd naar binnen. Op de teenspitsen liep ze over de steile toefen mos die op een aarde zwarter dan fluweelzwart stonden en ze keek bevangen links en rechts voor zich uit. Het aarden hoofdpad slingerde door het gazon en langs kreupelhout en verloor zich in de wilde welige ongekendheid van deze tuin die aan eigen schoon romantisch lot overgelaten scheen. En geen tuin leek Janine zo volkomen als deze. Maar nog keek ze steels links en rechts en voor en achter zich, en kon ze zich niet vrij overgeven aan de lust hier te verwijlen als een kind in haar droom. Veel verderop schemerde een huis door

het melancholisch grijze hout, een kasteelachtig huis.
Ze hoopte dat het verlaten zou zijn zodat hier geen
tuinman zou rondwaren om haar te verdrijven als
ware zij indringster in een verboden paradijs. Maar
het was rondom zo volmaakt lieflijk, waar ze ook ging,
en de fantastische weelde van deze herfsttuin omsloot
haar zo dromerig rustig, dat ze ten slotte aan geen
tuinman meer dacht en geheel engel in eigen paradijs
werd. Die kleine mevrouw Janine. Ze hoorde haar
voeten over de begroeide paden gaan en af en toe
dwarrelde er heel zachtjes een blad naar omlaag. En
toen ze een bank ontdekte waar in het hout harten gekerfd stonden ging ze daarop zitten en dacht: Nu is
het leven plotseling heel mooi. – Ze keek vol voor zich
uit, ze nam de sprookjeslianen van het lenig vervloch-
ten kreupelhout en de hoge dromende af en toe zingende bomen in haar blikveld op. En toen dacht ze:
Hoe zou ik kunnen liefhebben. – En dit nu had ze al
zo vaak gedacht, vanuit diezelfde volle paradijsstem-
ming. Al toen ze kind was, meisje was, en jonge
vrouw geworden was, en zelfs nog toen ze moeder was,
en daarna nog talloze keren: Hoe zou ik kunnen liefhebben... Maar wat het mooiste was, alsof ze voor de
eerste keer beginnen moest, zo was ook al die keren tot
op deze dag die drang naar liefhebben zich zelf gelijk
gebleven, ongeschonden, eenzaam, absoluut. Bij dit
besef zag die mevrouw Janine plotseling de tuin vertroebelen; ze schreide om haar eenzaam hart, haar
ongeschonden onverbruikte hart. En dit is engelen-
tragiek. En om zich zelf weer baas te worden stond ze
maar op en ging weer wandelen op nieuw ontdekken
uit. Ze kwam voorbij een vijver dichtgegroeid met wa-
terplanten en waar middenin op een groen overwoekerd platform een god Amor stond. Die god Amor
hier, een log wellustig jongetje van marmer, maakte
nu beslist de indruk van een misplaatst grapje; maar
toch, een grapje. Ze glimlachte daarom haar tranen

weg en ontdekte toen plotseling vrij dichtbij het huis. Een afschuwelijk huis, een enorm misplaatste grap. Mevrouw Janine bewonderde de natuur rondom er des te meer om. Naïef en nobel zich zelf te blijven ten overstaan van een huis van steen en hout zo provocerend lelijk als een mens zonder droom noch schroom, dat was de levenskunst van de vergeten tuin. Mevrouw Janine keek beduusd op naar een gevel met wulps geornamenteerde balkons, naar een hoge romaanse weidse hoofdingang waarop een klopper hing in fallusvorm, naar door steenworpen kapotgesmeten ruiten waardoorheen ze lege kamers zag die in hun vervuilde en verkleurde behangsels een sfeer bewaarden van vulgaire praal. Mevrouw Janine sloop steels langs een zijmuur en ontdekte wat ze zocht, een zijingang die zich forceren liet, en drong daarbinnen. Haar ontdekkingstocht werd spannender, geladener, naarmate ze zich verder waagde in dit mausoleum van pervers begrepen natuurplezier. Het godje Amor repeteerde zich nadrukkelijk veelvuldig in de muurbeschilderingen en het pleisterwerk. Het grijnsde haar naïef en plat verdorven tegemoet van tussen wingerdranken en berstensvolle hoornen des overvloeds. Engelen en vrouwen hielden het in groep- en reidansen gezelschap. Engelkinderen met bolle wangen, toetend op bazuinen. Weelderige vrouwen, zwaar wellustig liggend, of in lesbische verstrengeling dartel dansend. Mevrouw Janine liep door gangen, door zalen, door kamers. Overal hingen spinnewebben en stofraggen als timide voiles over een te voyant en te grof aangezicht. Overal betrapte haar beklemd en nieuwsgierig rondkijken een stil en schichtig op de vlucht slaan van insekten. Mevrouw Janine beluisterde in verontruste waakzaamheid de beschroomde geluiden van haar eigen voetstappen op dit wederrechtelijk betreden terrein van gangstenen en vloerplanken; een schurend geluid op het steen, een krakend op het hout. Er was nog meer te horen: kalk die naar beneden kwam uit de gebarsten plafonds en het onbestemde zuchten van windvlagen door heel dit door steenworpen verwonde huis. Als het buiten stormde, moest het hier wel zijn alsof demonen die eens verenigd waren in een walpurgisfeest elkaar steunend, gierend lachend of snikkend al maar vergeefs zochten.

Mevrouw Janine zou zelfs niet verwonderd geweest zijn als haar steeds wassende vrees niet slechts het gevolg was van deze sinister suggestieve omgeving, maar alle raison vond in het plotseling opduiken aan haar zijde van een haar zwijgend vergezellende, een wenende of een haar verwijtend aanloerende gestalte. Zij liep, of eerder vluchtte op een der wulpse balkons, in een plotselinge hijgende drift naar werkelijkheid en herademing. Ze keek gretig de grijze tuin in, en de boomtoppen zacht wuivend in het herfstig heelal rondom. Maar de herademing volgde niet. Achter haar bleef het huis, wulps en dood, intrigant en weerloos, gelijk het spooksel van een roué of een lichtekooi. Het huis achter haar werd een grote dreiging, een gevaar. Het leek haar alsof ze op een smerige manier in de hals gegrepen kon worden, benige pervers knedende vingers in haar hals en langs haar ruggegraat, de vingers van een roué, van een lichtekooi, van demonen zonder ziel. – Mevrouw Janine keek met starre blik de tuin in, de bomen en het heelal in zonder nog daarvan iets te zien; en ze deed denken aan een gebiologeerd konijntje. Ze voelde op dat moment heel erg dat ze eenzaam was en op de grens van twee werelden, op de grens van een engelenrijk en een demonenrijk. Bezeten door een panische angst stortte ze zich in het demonenrijk. Met ogen die star binnen hun smal blikveld bleven, met voeten die rap en luide kraakten op de stoffige vloerplanken en schuurden over het steen vluchtte ze door het lege huis naar buiten...

Op het terras van een buitencafé vlakbij dronk de

kleine mevrouw Janine een kop koffie en ging ze met zich zelf te rade. Ik ben, dacht ze, een kind dat bang van de boeman gebleven is. En toch, ik weet dat het kind machtiger is dan de boeman. Waardoor ben ik zo laf dat ik de boeman ontvlucht? Ik ben als een gelovige die zich schaamt voor zijn God. – Ze riep de caféhouder en vroeg: Van wie is dat huis? En ze wees ernaar. En een goed uur later was ze terug in de stad en zat ze tegenover de eigenares. Het was een oude vrouw, groot, in een gebloemde en bevogelde peignoir, en met een groot geblanket gezicht, een spierslap gezicht, een gezicht als een visioen in de plooien van een gordijn. Ze lachte met hete ogen die onmiddellijk daarna weer hard en dof werden, en met grote witte porseleintanten. En ze rookte een sigaret die ze tussen benige witte vingers hield waarvan de nagels in bloed gedoopt waren. Het was een machtige vrouw, machtig gehavend, machtig belittekend. Haar mannelijke evenknie zou een grenadier zijn uit een huurleger, een grenadier met littekens van sabelhouwen over heel zijn schoon en verwoest gelaat, een die ontbering en lust gekend had, een die met vereelte knuisten kinderschedels had ingeslagen, sentimenteel gehuild had om alle in fanfarekoper geblazen volksliederen waaraan hij zijn ziel verhuurd had en die heel zijn leven geslapen had met naamloze vrouwen. Maar het machtigste aan die vrouw was haar stem. Het was een stem uit het demonenrijk, die in deze vrouw sprak. Een stem die als een demonische kracht uit het duistere onbekende kwam en het strottehoofd van deze vrouw greep om woorden te kunnen maken, mensenwoorden. Een laaggetimbreerde ruwe hevige stem die de woorden tastbaar en gloeiend op je af smeet, massieve woorden vol spankracht. Mevrouw Janine had een kleine gevoelige stem, een stem waaromheen een beschermende hand moet gebogen worden als om een kaarsvlam in de tocht. Mevrouw Janine had gezegd dat ze dit huis huren wou. Het was een zonderlinge wens. Het was een wens die moeilijk te motiveren viel, zo'n wens die men uit kuisheid van schijnmotieven voorziet. Maar de vrouw tegenover haar sloeg haar verzinsels grof in elkaar. Zij hield het lange draperieëngezicht hooggeheven en keek haar met roerloze ogen onder halfgeloken oogleden aan. Om haar felrood geverfde lippen zweemde een glimlach, zelfbewust en slim. Ze zei niet eens: U liegt. Ze zei iets anders. Haar stem werd zwaar en offensief. Dit huis, zei ze, en het huis vaagde de kamer weg en kwam in al z'n grootheid en vervallenheid daardoor in de plaats, dit huis is gehaat ver in de omtrek – omdat ik er mijn meisjes in heb laten rusten en laten ontvangen wie ze wilden – het was het vakantiehuis van mijn meisjes – een lustoord. – De glimlach om de rode lippen werd zichtbaarder, het werd een machtige glimlach, slim en autoritair...

Mevrouw Janine droomde op dat moment plotseling heel veel en in een enorm tempo. Ze zag de meisjes geconfronteerd met de zonlichte zomerse natuur. Enthousiast vlinderden zij de balkons op en de tuin in, keken verrukt omhoog naar de zon, dit traditionele poëtische natuurattribuut, maar bedekten dan verschrikt haar op schemerlicht ingestelde ogen met de verzorgde weke vrijhanden en trokken verstoord en humeurig naar binnen, sloten ramen en deuren, lieten gordijnen en stores neer en belden om een borrel. – De boeren, zei de vrouw, hebben de ruiten ingesmeten, uit haat... Mevrouw Janine zag het fort van plezier prijsgeven aan de naderende vijand die in sterke patrouilles gebukt van bomengroep tot bomengroep sprong; haatkoppen gluurden langs de stammen en tussen het groen en de steniging begon. – En wat wilt ú daar doen? vroeg de vrouw, en die woorden 'en wat wilt ú daar doen' schenen haar te treffen als een veel heviger steniging. Die woorden troffen haar en duwden haar weg zoals een hand je bij de kleren kan grij-

pen om je achteruit te duwen, in volwassen laatdun-
kendheid. De kleine mevrouw Janine voelde zich meer
kind dan ooit als kind wanneer een volwassene haar
betrapte op een onberaden spel waarin ze haar heilige
kinderfantasie te kijk zette. Maar in een plotselinge
vertwijfelde moed schudde zij de denigrerende woorden van zich af. Ze werd plotseling een gelovige die
begrepen heeft dat men zijn God te verdedigen heeft.
En ze zei: Ik ben bang in dat huis en dat wil ik overwinnen. – Ze keek de vrouw aan met jonge schulde-
loze en verwachtende blik, en ging verder: Misschien
begrijpt u er niets van, maar die angst is schandalig.
Om het symbolisch te zeggen: een engel weent in mij
omdat ik de demon vrees...

De vrouw tegenover haar keek haar aan met een
prachtig gezicht. Het was een stil gezicht dat als gesuggereerd werd vanuit de vouwen van een zware
roerloze gordijnendraperie; daarachter lag het onbekende. En toen kwam haar stem, een geluid dat jong-
leerde boven een afgrond: Grappig is dat. Maar het
geluid kwam verrassend behouden over en mevrouw
Janine hulde het in een glimlach.

(1947)

# Eenzaamheid

Gistermorgen ontving ik een brief van de Durands waarin ik las dat Myra, die ik me nog wel herinneren zou, na een korte ziekte gestorven was. Ik probeer nu na te gaan of dat nieuws, in een sober, zakelijk zinnetje geformuleerd, me meer schokte dan ik me wel wou bekennen. Wat heb ik in feite ooit met Myra te maken gehad! Toen ik het las, dacht of voelde ik niets bijzonders, dat weet ik zeker. Alleen, in de loop van de dag van gisteren begon er een knagende onrust in me, alsof ik aan een schuld herinnerd was, alsof ik met Myra iets verzuimd en nu voorgoed verloren had. En begrijp goed, ik heb Myra maar één keer in heel mijn leven ontmoet; dat was toen de Durands op doorreis een avond in de stad A. zouden vertoeven en ik daarheen reisde om hen te ontmoeten. Op het station trof ik niet alleen hen, maar leerde ik ook Myra kennen, een vriendin van de Durands. Ik weet ternauwernood nog hoe ze eruitzag. Als ze nog leefde en ik kwam haar op straat tegen, dan zou de kans bestaan dat ik haar niet herkende. Maar al kan ik dan geen nauwkeurig signalement van haar opmaken, ik herinner me haar op een wijze die meer zegt en bedenkelijker is. Ik herinner me haar en ik herken haar in de afschuwelijke onrust die sinds gisteren weer in me is opgestaan. Het kwelt me bovenmate, dat gevoel van verzuim. De enkele avond dat ik haar ontmoette heeft ze een avontuur voor me betekend dat de macht had mijn leven voor enige maanden te desorganiseren. En gisteravond, toen ik uit kantoor thuiskwam en aan mijn middagmaal zat, overrompelde me de absurde gedachte dat sinds die ontmoeting met Myra, die dus nu dood is, mijn leven grondig uit zijn evenwicht gestoten bleef, al had ik dat voor me zelf niet willen weten, en dat ik nu door haar dood verloren, onherstelbaar ver-

89

loren was... Ik ging toen op mijn divan liggen om die gedachte eens kritisch te onderzoeken en te zuiveren van het romantische element dat erin stak om zodoende mijn innerlijke rust te hervinden. Ik lag daar volkomen ontspannen, en alleen in mijn hoofd voelde ik de kramp van geforceerd nadenken. Ik drong me zelf de conclusie op: Myra heeft toen een nostalgie in je gewekt, die evenmin iets met haar te maken heeft, als thuishoren zou in het hart van een man die met paradijsfantasieën heeft afgedaan. – Maar in feite welde deze frase zonder overtuigingskracht in me op en vlakte ze zich zelf daarna moedeloos uit.

Toen liet ik mijn blik door mijn kamer dolen, een rustige koele kamer, die het waarachtige milieu is van mijn levensstijl. Ik verwachtte natuurlijk daaruit overtuigende troost te putten. Was mijn kamer al niet jarenlang de uitverkoren pleisterplaats voor mijn eenzaamheid? Zij koepelde zich daaromheen met zoveel zwijgzame waardigheid dat ik altijd ook heb geprobeerd me er zo waardig mogelijk te bewegen. Lang niet iedereen kan zeggen dat hij waardig blijft als hij met zich zelf alleen op zijn kamer is. Ik wel. Ik heb, zodra de eenzaamheid in mijn leven trad, en dat gebeurde jaren vóór Myra, me altijd voorgehouden dat ik verloren zou zijn, reddeloos verloren, indien ik me niet bleef gedragen alsof de kamerwanden onzichtbare ogen en oren hadden. Zo bleef ik bij voorbeeld van mijn eigen lichaam af, wat me vaak heel moeilijk viel, maar waardoor ik me puur en integer voelen ging en zekerheid gewon tegenover de buitenwereld. Zo dronk ik evenmin heimelijk, zoals zovelen, om de verveling en de onrust, die me vaak genoeg overvielen, in een roes te vergeten. En zo lag ik evenmin uren op mijn divan te staren en te waakdromen, terwijl ik daar toch zo'n sterke neiging toe vertoon. Neen, ik liep door die kamer alsof er in die lege fauteuil daar iemand zat die voortdurend de blik op me gevestigd

hield. Ik zat aan mijn bureau en werkte alsof datzelf-
de imaginaire wezen me op de vingers keek. En hoe ik
me uitkleedde om naar bed (de divan, maar getransformeerd) te gaan! Alsof hetzelfde wezen daar reeds
lag, de dekens tot de kin opgetrokken, met ogen die
traag, nieuwsgierig en vertrouwend mijn doen en laten volgden. Ik stak me even kuis als zakelijk in pyja-
ma en gleed eveneens onder de dekens. Maar dan kon
niemand, zelfs geen imaginair wezen, me zien. Ik legde me op de linkerzij, met de knieën opgetrokken,
mijn linkerhand onder het eigen hoofdkussen en de
rechterhand tussen de koele lakens ver voor me uit. Zo
lag ik dus ongezien, roerloos, volkomen roerloos, een
embryo in de schoot van de nacht. Maar nu had ik
wel, ter handhaving van deze pure levensstijl, mijn
denksysteem. Jaren geleden lag er namelijk een diepe
afgrond in me en als ik mijn gedachten toen hun gang
liet gaan, konden die daar maar al te gemakkelijk in
storten. Ik wist dat ik dan heel de verdere nacht en de
dag daarop, neen, dagen, weken, niet meer uit die afgrond omhoog zou kunnen klimmen. Ik leerde me be-
hoeden voor het ongelukkig zijn. Niet-ongelukkig-
zijn, ik weet het zeker, is een kwestie van denktech-
niek. En die beheers ik en dat is mijn behoud.

Al jaren studeer ik nu talen, economie en geschiedenis, alleen al om in bed te kunnen memoriseren. En
als ik dan nog niet in slaap gevallen ben, als ik dus
memoriseerstof te kort kom, dan ga ik liggen denken
aan anderen. Niet aan me zelf, aan anderen, aan alles
wat anderen me over zich zelf hebben verteld aan feiten, ervaringen en standpunten. En zo komt de slaap
eigenlijk zelfs nog altijd te vlug. In het begin gebeurde het wel dat ongewenste gedachten me dan bande-
loos overrompelden in mijn slaap. Dan sleurden ze me
toch de afgrond in die ik eerst was ontstegen als een
adelaar en kwam ik toch weer terecht in een volkomen
nutteloos en afgedaan verdriet. Er walmden rottings-

geuren van een dood geluk uit op die me zo benevel-
den dat ik de bedrieglijke droombeelden voor werkelijkheid hield en tranen stortte van ontroering in de
slaap en tranen van ellende bij het ontwaken. Maar
dan sprong ik ook onmiddellijk mijn bed uit, stak mijn
hoofd onder de douche en dacht: Genoeg getreurd! –
Inderdaad, de treurnis mag niet ontaarden in een ongeneeslijk chronisch lijden. Daar is het leven, het
werk! Meestal floot dan al de eerste vogel in de vroe-
ge ochtend. Ik keek uit een open venster naar buiten,
bezon me op het feit hoe jong ik nog was, al was ik
dan niet meer zó jong, en dacht aan de vele belangrijke levensgebieden die onder mijn bereik lagen. Al
was het dan niet de liefde tot een vrouw die mijn dagen vervulde – dat was eenmaal geweest – daar bleven
mijn studies (ik praat niet over mijn werk op kantoor)
en de muziek. Soms keerde ik me van mijn schrijftafel
af en greep ik mijn viool. Ik speelde een half uur en
verlustigde me in mijn zuivere volle streek. Eigenlijk
ben ik iemand met weinig fantasie. Ik speelde etudes
en gemakkelijke stukjes en verder kom ik nooit omdat
het me alleen te doen is om de stilte te verbreken door
een gevoeliger toon dan mijn eigen menselijke stem;
al was het dan maar door één enkele en steeds dezelfde zangtoon, getrokken uit mijn zilveren g. Verder
blijkt mijn geringe fantasie wel uit het feit, dat ik, na
de vrouw verloren te hebben van wie ik hield, nooit
meer aandacht kreeg voor een ander. 's Avonds ging
ik het liefst naar concerten. De symfonische muziek
onderging ik als een vloedgolf van klanken waarop ik
meespoelde, een sfeer binnen waarin ik niets dacht en
mij alleen bewust bleef van een machtig doordringend
en meestal zoet smartelijk levensgevoel. Ik beleefde in
de concertzaal een stemming waarin melancholie en
een vaag maar onmiskenbaar gevoel van heilige voor-
bestemming mijn verloren geluk en mijn lege toe-
komst met elkaar schenen te verzoenen. In de pauze

zag ik vrienden en kennissen die door vrouwen vergezeld werden. Zelfs mooie vrouwen ontmoette ik dan,
drukte ik de hand en onderhield ik over de muziek.
Nooit echter betrapte ik me op het verlangen een dier
vrouwen in mijn kamer te hebben, in mijn stille tot
puurheid geordende leven. Maar nooit ontmoette ik
ook een vrouw die me ook maar had doen vermoeden
dat ze op dit verlangen zou zijn ingegaan. Kwam ik
van een concert op mijn kamer terug, dan leefde ik
me weleens in dat ik daar niet meer alleen zou zijn.
Maar neen, onmogelijk, dat was een kamer voor een
enkel mens, de kamer van een eenzame. De lamp op
mijn bureau straalde een lichtcirkel uit die me precies
omsloot; daar werden in dat vredige en glanzende
licht alle onzekerheden en heimelijkheden waarmee
mensen elkaar verontrusten geweerd en bestond ik alleen. In het duister teruggedrongen was daar de divan
die tot bed getransformeerd kon worden. Hoe groot
zou mijn overgave moeten zijn, wou mijn eenzelvigheid ooit nog eens volkomen opgaan in een nieuw-
onbevangen vertrouwelijk samenzijn.
  Ik zou toch willen vertellen hoe ik hier jarenlang in
strenge zelftucht had gerust in de houding van het
embryo, me roerloos houdende om althans niet aan
mijn eenzaamheid te vergaan. Ik zou ook willen zeggen dat mijn eenzelvigheid natuurlijk berustte op de
onwil, de vrees misschien, me uit te leveren. Wie eens
diep en volledig verraden is, voelt voorgoed een wak
geslagen tussen zijn eigen leven en dat van alle anderen. Hoe kwam je over dat wak heen? Dat zou een
levensgevaarlijke sprong zijn waarvoor men op zijn
klein eiland van eenzaamheid geen aanloop nemen
kan en waarvan men zich dus de roekeloosheid te
sterk voor ogen houdt om het dan nog te durven wagen... Op een avond, na zulke overpeinzingen, bracht
ik mijn gezicht eens voor de spiegel. Ik begreep toen
plotseling waardoor er ook niemand gretig mijn leven

meer binnentrad. Mijn gezicht leek versteend en mijn oogleden hingen vermoeid over mijn uitgebluste blik. Die avond ging ik viool spelen en ik merkte dat ik geen andere toonaard dan mineur kon vinden, zowel op mijn e-snaar als op mijn zilveren g. Onderwijl dacht ik: waarschijnlijk ben ik ongelukkig, maar aan die toestand zo aangepast dat ik het niet meer voel. – Ik streek een melodie op twee snaren, een melodie waarin harmonieuze septiemakkoorden en lege vragende kwinten elkaar afwisselden. En toch, dacht ik, blijf je heimelijk het geluk zoeken, zelfs al zou je niet meer weten wat je daaronder verstaat. –

Later op die avond was ik zo kinderachtig om weer mijn gezicht voor de spiegel te bekijken. Mijn haar viel over mijn voorhoofd en terwijl ik zo naar me zelf loerde week mijn mond nieuwsgierig open. Dat gezicht leek me niet versteend en dood, maar levend en zelfs al te kwetsbaar. Ik keerde me van me zelf af, ging naar bed en trok de dekens tot bijna over mijn hoofd. Ik dacht me methodisch in slaap. En dat werd toen tevens de laatste keer, tot op heden, dat ik in een droom de afgrond van het verleden in stortte. Ik ontmoette daar een ander stenen gezicht waarop een glimlach van liefde gekerfd stond als in een fossiel. Ze hield niet meer van me. Maar dat bewoog me niet meer tot tranen en het was slechts ouder gewoonte dat mijn hart even kromp van pijn...

Tot mijn weloverlegde levenshouding behoorde dat ik mijn relaties niet verwaarloosde. Ik werd vaak uitgenodigd en zelf ontving ik, als dat nodig was, in een restaurant. Zo voorkwam ik althans dat ik maatschappelijk vereenzelvigde en onmogelijk werd. De omgangstoon in het gezelschapsleven, merkte ik, berustte trouwens altijd op een beproefde techniek die gemakkelijk van elkaar af te kijken viel. Het kwam er niet op aan hoe je was en wat je voelde of dacht; hiervoor bestonden ter vervanging sjablonen, genuanceerd voor individueel gebruik. Ik heb er wel eens over gedacht om daarover een boekje te schrijven van een hoger plan dan: Hoe gedraag ik me in gezelschap. Mijn boekje zou een studie worden van de marionet die je van je zelf behoort te maken en waarvan je werkelijke zelf de touwtjes min of meer bekwaam in handen heeft. Ach, als je goed dóór krijgt hoe men zichzelf mise-en-scène opdringt en vergunt, word je er toch misselijk van! Hoezeer konden mij de gesprekken, die er gevoerd moesten worden, vervelen. Een zogenaamde vriend blijft voor mij evengoed marionet als ik dat voor hem ben, zelfs al zouden wij voor dat spel uitkomen en ernstig worden. De ernst tussen mensen is nog rampzaliger dan het spel en betekent meestal de erkenning van onmacht, ontbering en armoede... Zo dacht ik voordat ik Myra had ontmoet en zo leerde ik me zelf ook weer te denken daarna.

Op het perron in de stad A. ontmoette ik haar. Pas toen de Durands arriveerden, merkte ik dat ook zij had staan wachten. Toen bleek ook dat ik haar verheugd de hand moest toesteken en haar voor heel een avond in mijn leven betrekken moest. Al was deze vrouw me volslagen vreemd, ik moest eenmaal in haar bijzijn aan mijn vriend Durand vertellen hoe het me in de voorbije jaren vergaan was. Dat ik alleen was, wist hij nog niet. Mijn God, kerel, zei hij. Maar zijn vrouw, die van vrolijkheid houdt, devalueerde de ernst van dit gesprek en zei: Al zoveel jaren alleen en nog niet hertrouwd! Maar dan moet je Myra het hof maken, ze is aardig. – Myra zei toen: Ik ben niet aardig. – Ze glimlachte daarbij zo neutraal alsof het om een ander dan om haar zelf ging. Later op de avond dansten we. Zo ik haar niet het hof maakte, ik wou toch hoffelijk zijn en daarom begon ik: Ben je er zeker van dat je niet aardig bent? Het komt me voor dat je je vergist. – Ik was niet helemaal meer zeker van de vlotheid en de overtuigingskracht van wat ik zei; we hadden veel gedronken. Ze keek me aan met dezelfde neutrale glimlach van daarstraks en antwoordde: Stil toch, forceer je toch niet voor mij. – We dansten zwijgend verder. We ontweken elkaars blik en staarden langs elkaar heen. Ik zag haar blonde haar en haar blanke halslijn. Eigenlijk was ze erg gemakkelijk en vriendelijk; ik had alle reden om haar dankbaar te zijn. Ach, ach, zei ik en drukte haar toen plotseling wat dichter tegen me aan. Nog later op de avond gingen we met ons vieren met een taxi naar huis. We hadden toen ál te veel gedronken en zouden dat met zwarte koffie gaan bezweren. Ik voelde me dankbaar, vertrouwelijk en vrolijk gestemd. In die taxi leunden we zwaar tegen elkaar op en zonder bedenken sloeg ik toen een arm om haar heen en boog me nieuwsgierig en gretig naar haar blanke gezicht. De roerloze ernst die ik daar ontmoette ontroerde me zo sterk dat het was alsof er een vlam door me heen sloeg. Nu ben ik plotseling verliefd op je, zei ik. Ze reageerde daarop alleen door haar hand op te lichten, met de vingerspitsen het haar van mijn voorhoofd te strijken en mijn gezicht van zich af te duwen. Niettemin joeg er een vrolijkheid in me aan zoals ik in jaren niet gevoeld had. Op haar kamer moesten we erg stil zijn om haar huisgenoten niet in de slaap te storen. Op de teenspitsen liepen we naar de keuken en terug, met koffie, met sandwiches en gebakken eieren. Hoe stiller we moesten zijn, hoe moeilijker bedwongen we onze vrolijkheid, onze lachlust. Zo'n dwaas vrolijke stemming kénde ik van me zelf niet eens. Ik ging zover dat ik zelfs op mijn handen ging staan en zo de kamer door liep. En daarna gaf ik blijk me bijzonder thuis te voelen bij mijn gastvrouw. Ik ging als op een tentoonstelling alle schilderijen die er aan de wand hingen langs en gaf dwaze commentaren. Mijn gastvrouw bleef naast me terwijl ik dat deed en glimlachte toegeeflijk. Ten slotte hield ik stil voor het dressoir waarop een portret stond. Dat is mijn man, zei ze voordat ik iets kon vragen, hij is dood. – Haar stem was rustig en ernstig. Ik boog me naar het portret om het goed te kunnen bekijken. Ik zag een man met los golvend haar dat, als het hoofd voorover boog, over het voorhoofd glijden moest. Ik zei niets, wendde me af en ging op de divan zitten. Ga liggen, zei ze toen, als je moe bent. – Haar stem klonk vriendelijk. Ik deed het en keek liggend naar haar op. Ze schonk de laatste koffie uit, ze praatte met de Durands zonder een van ons aan te zien. Ze was bijzonder blank en blond, en dat vervulde me, vreemd genoeg, van dankbaarheid en genoegdoening. Het drong niet tot me door waarover er eigenlijk gesproken werd. Wat me nu plotseling sterk opviel en bezighield, was de lichte en onaantastbare ironie in die glimlach van haar. Neen, die glimlach was niet neutraal, maar ironisch, en daarmee distantieerde ze zich van ons, van zich zelf. Het masker der ironie, dacht ik, is het masker van de zeer kwetsbare en tegelijk intelligente mens. – Het gesprek ebde weg tot een ver verwijderd vaag gonzen.

De schemerlichte kamer werd donkerder en alleen Myra bleef in glanzen staan alsof die van haar uitgingen. Ik merkte ten slotte niet eens dat de Durands waren opgestaan en al bijna gereed waren om afscheid te nemen. Toen kwam ik overeind en nam mijn jas aan, die mijn vriend Durand me toereikte. Ik zag hen beiden afscheid van Myra nemen. En eindelijk reikte ook ik haar de hand, maar zei niets en liep achter de Durands de duistere trap af. Buiten, voor de deur, wilden de Durands naar een taxistandplaats. Ik ga lopen, zei ik, het is een mooie nacht. – Dat was een grote dwaasheid, het was geen mooie nacht, en ik verbaasde me erover dat ik niet tegengesproken werd. Er stond een kille maan aan de hemel en af en toe sloeg er een vlijmende wind door de verlaten straat. De gevels van de naargeestig kazerneachtige nieuwbouw stonden hoog en blind in het dode kille licht van de maan. Ik merkte pas dat de Durands me verlaten hadden toen hun voetstappen al heel ver af klonken, achtervolgd door een holle echo. Ik keerde me weer naar de deur en omklemde met beide handen de spijlen van het rooster. Door het glas daarachter keek ik in een volslagen duisternis. En op dat moment greep me zo'n jammerlijk en wild verlangen aan dat ik die deur wel had willen stuk rammeien om daarna op mijn knieën te smeken weer opgenomen te mogen zijn in die cirkel van glanzend licht van daarstraks. Toen sprong de deur open. Ze wachtte me boven op de drempel van haar kamer. Ik keek uit het raam en zag je niet weggaan, zei ze, alleen de Durands. – Ik sloeg mijn armen om haar heen en zoende haar hongerig. Het overrompelende en ontroerende was dat ze me met dezelfde honger ontving als ik haar zocht.

Absurd, de herinnering aan dat avontuur. Ze is dood, en dat feit legt me op dat ik haar heel anders behoor te memoreren. Goed, het kost me geen moeite om te zwijgen over een enkel half uur in een ganse nacht. In mijn huwelijk had de lichamelijke liefde zo'n kleine rol gespeeld en daarna, in mijn eenzaamheid, had ik het verlangen ernaar zo onverbiddelijk het zwijgen opgelegd dat ik een ongeloof had kunnen ontwikkelen in de macht, de charme en de waarde ervan. Ik zou Myra dus talloze keren moeten omarmd hebben eer ik dat niet meer zou hebben gedaan als een blind gedrevene, maar met welbewuste en welgenoten vreugd. Maar dat wou ik er dan nog van zeggen; na dit avontuur begon me toch het lichamelijke verlangen te kwellen als nog nooit tevoren. Het duurde maanden eer ik die kwelling te boven kwam en weer beheerst en sterk stond in mijn eenzaamheid. En wat me in die strijd hielp was een nog bitterder strijd tegen dat gevoel van verzuim en verlies, een strijd die ik misschien tot op heden nog niet gewonnen heb.

We lagen op de divan en hielden elkaar omarmd. Alsof we elkaar in een jarenlange liefde diep vertrouwd geworden waren, zo lagen we. Ik zei: We zijn blind geweest en nu zien we elkaar voor 't eerst. – Ze wendde de blik naar me toe en keek me peilend aan. Toch, zei ze, als we elkaar straks uit het oog verliezen, zouden we elkaar later niet eens meer herkennen. – Neen, antwoordde ik, en dat was een beaming en een protest tegelijk. Ze keek toen alweer stil voor zich uit. Ik zag haar profiel van heel dichtbij, het wit van haar oog, de gewelfde mondhoek. Morgen, zei ik, ontmoeten we elkaar. – Ze drukte haar arm vaster om me heen ten antwoord. We nemen plotseling en voorgoed, zei ik, een plaats in elkaars leven in. – Weer wendde ze het gezicht naar me toe. Ze vroeg: Zou dat geen droom zijn? – Haar mond had een schone sterke welving, haar blik was helder. Neen, zei ik, ik ben geen dromer. – Ik dacht eraan dat ik haar maar zo snel mogelijk moest vertellen hoe exact ik leefde en dacht. Maar toen lichtte ze een hand op, streek over mijn haar en stelde weer een vraag: Verwacht je iets goeds van me? Liefde? – Ik vond op dat moment dat ze op een bazuinengel geleek, zo'n forse jonge wang, zo'n rode sterk gewelfde mond, zo'n lichte pure blik. Ik sloot toen even de ogen om dit beeld buiten te sluiten, maar betastte het met een strelende hand. Ik voelde de contouren ervan zo zuiver, zo adequaat aan mijn visie, dat haar portret in mijn vingertoppen beschreven bleef. Liefde, antwoordde ik. Daarop zwegen we een hele tijd. Het enige wat er toen gebeurde was dat wij met de gezichten innig wang aan wang bleven, dat ik mijn arm om haar heen geslagen hield en dat zij haar arm om mij heen hield en telkens de plaid die over de divan lag over mijn rug trok opdat ik behaaglijk warm en beschut zou liggen. Het was een mooi samenzijn. Hoe vind je wel, vroeg ik, dat wij elkaar daarstraks nog niet eens kenden? – Ze lag met haar

puur bazuinengelengezicht voor zich uit te staren.
Wat je wel weten moet, zei ze, ik heb veel geleden en
daardoor verwacht ik weinig meer. – En ik, dwaas, begreep toen niet dat ze mijn vervoering niet deelde, dat
ze zich nuchter distantieerde van dit ogenblik, van
mij, van zich zelf. Ik zei argeloos en verheerlijkt: Ik
verwacht alles. – En bovendien kwam ik toen, steunend op een elleboog, overeind om haar in haar gezicht te zien en te zeggen: Je bent me vreemd en vertrouwd, vertrouwder dan wie ook, je bent me lief. –We
spraken af elkaar diezelfde ochtend, enige uren later
dus, te ontmoeten in een café. We namen afscheid als
was 't een afscheid voor het leven. Ik onderging daarbij de ontroering die ik nog maar één keer, in een grote liefde, eerder had ondergaan; ik omhelsde een
vreemde vrouw die me diep vertrouwd was, een vrouw
die ik herkennen zou als ik, blind, met de vingertoppen haar gezicht zou strelen, een mysterie dat ik kende zonder het ooit te doorgronden.

En diezelfde ochtend, enige uren later, wachtte ik
in dat café tevergeefs. Uren en uren. Daarna zocht ik
de wijk waarin ze woonde. Die wijk bestond uit honderden straten met kazerneachtige façaden. Façaden,
façaden. Ik liep en liep en ik zag honderden deuren
met roosters van spijlen en glas daarachter. En honderden vensters van een volmaakte eenvormigheid. De
zon scheen hel, maar zonder warmte, en een vlijmende
wind joeg door de straten, plotseling en panisch, als
een verlorene in een labyrint. Ik liep en liep. En af en
toe stond ik stil, drukte de handen aan mijn slapen en
zon op een moment in het voorbije avontuur dat een
spoor zou kunnen zijn dat me naar de vergeten straat,
waarvan ik nooit de naam geweten had, zou terugvoe-
ren. Ergens bestond toch de straat die slechts in deze
eenvormigheid opging, en in die straat moest toch het
huis zijn waarbinnen de beklemming van het labyrint
een boze droom zou blijken! Of was dit avontuur een

droom en was mijn zwerftocht door nieuwbouw een werkelijkheid die ten enenmale geen droomaspect bezat? Eindelijk kwam ik terecht aan de wijkgrens, een gracht. Er wiekten meeuwen boven die neerstreken op het zwarte huiverende watervlak en daarna weer met een droevige kreet daar overheen scheerden. Ze schenen bezield van een raadselachtige weemoed. Meeuwen doen denken aan mensen die de redeloosheid van het leven begrepen hebben. Bezield van weemoed, verkild tot diep in hun ontgoocheld hart weten zij dat hun opvlucht een schijngebaar is en dat zij in waarheid de kleine prooi zijn van wind en tegenwind.

Ik stond daar lange tijd en zo roerloos dat er meeuwen vlak voor me neerstreken, en ik zag hun triest bevliesd oog. Ik las eruit dat ze zich, zelfs al vond hun opvlucht plaats in zwermen, even eenzaam voelden als ik. Had het nog zin om Myra op te sporen? Vanmorgen had ze misschien koffie of chocolade op bed gedronken, een sigaret gerookt en met heldere peinzende blik in het lege gestaard. Waarom? had ze misschien gedacht. En daarna was ze weer gaan liggen, terwijl haar verdere gedachten als meeuwen meedreven op de stormvlagen van een triest verleden, hoezeer die misschien ook al luwden...

Ik ging naar huis. In de trein voelde ik me verkleumd tot diep in mijn hart. Op mijn kamer legde ik vuur aan. Ik staarde in de vlammen en strekte er mijn handen boven uit. Langzamerhand voelde ik me warm worden, zo warm dat eindelijk mijn ogen als vuur in mijn hoofd lagen en mijn hersenen snel en heet aan het werk togen. Ik liquideerde de droom, mijn dwaze droom. Ik slechtte in de geest alle tralieroosters van alle huisdeuren, ik drong binnen in alle kamers waarin de droom wordt gekweekt als een tere plant die geen windstoot verdragen kan. Ik sloeg alle ramen in die van kamers een parelschelp maken en ik stond oog in oog met alle vrouwen wier profiel, met een matte parelglans overschenen, een mysterieuze paradijsnostalgie wekt. Oog in oog. Het vrouwenoog bleef helder van verbazing, van waakzame verbazing, en het mijne zag de brandende kristallen van de wanhoop.

Nu is de vraag: Zou ze gestorven zijn als ik toch haar adres had nagevraagd of opgespoord? – Neen, dan zou ze niet gestorven zijn. Ik ben een bewijs dat het grillige lot het verlangen van de mens hoont en zich alleen richt naar eigen redeloze impuls. Zij moest sterven en ik moest eenzaam zijn. Eenzaam zonder uitzicht. Hoe lang in Godsnaam nog? Een leven lang? Nu ga ik maar weer aan mijn bureau zitten en studeren. En straks zal ik mijn viool grijpen en een etude op twee snaren spelen; dat maakt de leegte vol en harmonieus. Daarna ga ik naar bed en zal me toeleggen op de droomloze slaap.

## Parijs

De laatste maanden word ik 's morgens wakker met tranen in de ogen of met een gefluisterd woord van afschuw op de lippen. Ik schijn dus verdriet te hebben en weerzin tegen het ontwaken te gevoelen. Vanmorgen nog waren mijn ogen vochtig en voordat dit woord het resultaat kon zijn van mijn denken fluisterde ik: ontzettend. – Daarna keek ik mijn kamer rond en hield ik mijn blik gevestigd op het open venster. Mijn kamer was de rust zelf, een herstellingsoord voor een getempteerde ziel, en buiten scheen de zon met een prilheid en een goedheid die mijn duistere getempteerde ziel beschaamd zette. Ik kwam toen mijn bed uit en leunde aan dat open venster om naar buiten te kijken. De wereld was mooi. Ik zag een stralend blauwe hemel, bomen in een waas van lentegroen en mensen die gelukkig schenen. Ik zag een jong meisje dat een jongeman tegemoet liep en beiden glimlachten zo gelukkig en gretig als dat waarschijnlijk alleen in de lente kan. Ik zag ook een vrouw, verslonsd, lelijk en vaal door een vreugdeloos leven, maar toch leek het alsof deze lenteochtend iets aan haar goed maakte, zo argeloos liep ze daar in een wereld die ze gewoonlijk met een vermoeide wantrouwige blik bekijken moest. Ik dacht, terwijl ik aan dat venster stond: En waarom voel ik nu elke morgen verdriet en weerzin? – Wacht maar, eerst neem ik een bad, dan ontbijt ik met koffie, en daarna loop ik in fors tempo naar kantoor. Daar ontmoet ik de frisse make-ups van mijn vrouwelijke collega's en de cleanshaven smoelen van de rest. De morgengroet is stereotiep opgewekt en eer het tien uur geworden is die ochtend loop ik weer gaaf in het gareel. Geen spoor meer van het naamloze verdriet, geen spoor van afschuw. Toch, als ik mijn eigen cleanshaven smoel eens bracht, in het lunchuur bij voorbeeld, tot vlak voor zo'n frisse make-up en ik zei: vanmorgen werd ik wakker met tranen in de ogen en fluisterde ik tot mijn verbazing bovendien: ontzettend... wat zou er dan gaan leven in de poppeogen van het meisje dat het slachtoffer zou zijn van die dwaze vertrouwelijkheid?

Ik moest het maar eens proberen. – Zo had ik vaak gedacht, maar ik wist tegelijkertijd dat ik het nooit proberen zou. Er stak onkuisheid en verraad in, meende ik, evengoed als het onkuis en verraderlijk zou zijn als ik mensen die een ogenblik de controle over zich zelf zouden verliezen en zouden zitten kijken met een blik vol van naamloze ellende, plotseling zou vragen: vertel me nu wat er in je omgaat. – Niemand die zich daarvoor altijd maar veilig zou kunnen stellen. Iedereen schijnt diep in zich een poel van ellende te verbergen en iedereen verraadt die weleens ongeweten en ongewild als hij zich even vergeet en zo maar doelloos kijkt. Laatst nog, op kantoor, keek er een typiste van haar werk op, en nog juist betrapte ik haar op die grauwe hulpeloze blik als van een eenzaam dier. Ogenblikkelijk had ze zich echter weer hersteld en had ze weer poppeogen in een frisse make-up. Merkwaardig dat poppeogen aantrekkelijker blijken dan zo'n blik die het naakte oppervlak is van de ziel. Als ik ooit nog van een vrouw zou gaan houden, zou ze me juist die naakte blik moeten gunnen, en heel vaak, bij het ontwaken, als we zaten te ontbijten, zelfs als ze hier naast me stond aan het open venster en een juichende lentewereld in keek. Wat zou liefde anders voor zin hebben als mensen elkaar niet konden beschermen en troosten in de naamloze misère die je in zulk een betrapt kijken vindt? – –

Als ik naar kantoor loop, kom ik door een park waarin zich een weg slingert door gazons. Die gazons met bloemperken maken zo'n argeloos vriendelijke indruk dat ik deze morgen op een gegeven moment bleef staan, ongeveer vlak voor het rustieke bruggetje dat over de uitloper van een vijver voert. Hoe vriendelijk, dacht ik en hoe graag had ik dat van harte gemeend. Er welde echter een onbestemde walging in me op. Ik begreep dat ik vergeefs naar de lente gereikhalsd had en dat ik die strakke blauwe hemel, die bomen in een waas van groen, die gazons en dat bruggetje van knoestig hout enkel maar als decor zag waarbinnen de mensen hun rolletje van jeugd, blijdschap en verlangen speelden met de misère in hun ziel. Ik liep het bruggetje op en bleef aan een leuning staan. Zo keek ik op het vijverwater neer en dacht na. Het vijverwater scheen toen plotseling te vertroebelen en dat werd veroorzaakt doordat het netvlies van mijn ogen overstroomd werd door tranen. Ontzettend, dacht ik, misschien word ik krankzinnig. – In plaats van mijn wandeling naar kantoor voort te zetten, keerde ik op mijn schreden terug. Weer liep ik het park door, weer liep ik door de ochtendstraten van daarstraks en eindelijk drukte ik vastberaden mijn kamerdeur achter me dicht. Ik begreep dat ik zó niet kon doorgaan, ik moest beslist mijn zielsgesteldheid trachten te doorgronden en te herzien. Het ging niet op, me tegenover de wereld te stellen zoals ik dat bleek te doen. Waarom zou ik eraan twijfelen of mensen gelukkig kunnen zijn?' Waarom zou de wereld niet waarachtig herschapen liggen in een paradijs, deze wereld? Weer stond ik voor mijn open venster. Maar mijn blik vond geen aanraking met hemel, bomen of mensen, zozeer drong zich toen een visioen op. Ik zag mijn eigen leven met de lente als uitgangspunt, lang geleden. Mocht het echter nu in de natuur weer lente zijn, dan viel die toch binnen in mijn bestaan als in een woestijndal tussen rotsen; niets, niets, geen plekje vruchtbaarheid dat het leven kon opvangen en doen bloeien, en het dal vernauwde zich bovendien als tot een fuik. Wat moest ik doen als de geringste bewegingen van lichaam en ziel daarin verstrikt raakten? Bestond er nog een weg terug? Misschien was ik alleen maar overspannen en zou een onderbreking van mijn sleurleven, een vakantie, me genezing brengen.

Ik nam dus vakantie. Maar wat is een mens meer dan een toverleerling ten opzichte van zijn eigen innerlijke levensordening? Hij heeft zich daaraan vastgeklonken en wordt gedwongen zijn bewegingen daarnaar te richten gelijk een galeislaaf onverbiddelijk overal de loden kogel voelt die hij meesleept aan zijn voet. – Ik nam de trein naar Parijs. Ik zou wandelen onder het loof van de Jardin des Tuileries en in de tuinen van Versailles. Ik zou me, in verband met Versailles, erover verbazen van welk een geweldige adem de hartstochtelijke rancune van de Parijzenaars was toen die van Parijs daarheen liepen om hun koning uit zijn lustoord naar het schavot te sleuren. Ik zou in museumzalen ronddolen en dan vermoeid neerzinken op een bank, met de ogen gesloten, en me ervan bewust worden dat ik me dwingen moest tot de liefde

voor dingen, terwijl mijn liefde voor mensen braak lag
als een uitgeputte bodem, onmachtig tot opvangen en
voeden. Ik zou 's avonds over de brede boulevards lopen en de vrouwen bekijken, en ik zou me, precies als
vóór mijn vertrek, eenzaam en oud voelen, honderdmaal gestorven en honderdmaal vergeefs herboren. Ik
merkte het wel; sinds ik 's morgens ontwaakte met
tranen in de ogen en een fluistering van walging op
de lippen, was ik niet meer in staat, wat ik ook deed,
waar ik het ook zoeken zou, om zelfbeheersing en een
air van geloof in het levensspel terug te vinden. Het
scheen dat ik verloren had en niet meer mee kon doen.
Maar waarom hield ik er dan niet mee op? Ik liep
toen in een smalle geasfalteerde straat, maar stond op
die vraag stil, als overrompeld en verstard. Waarom
dan niet? Ik bleef het antwoord schuldig en daardoor
begon mijn hart te bonzen alsof het breken wou. Ik
herinner me diezelfde zware bange hartslag van exa-
mens als me iets gevraagd werd waarop ik evenmin
een antwoord wist. Ik voelde dan, dat weet ik nog heel
goed, echec dreigen, het onherroepelijk echec van heel
mijn leven. Dat was bekrompen, fantasieloos. Of een
mislukt examen me de dood bracht! Maar ik was eenmaal niet anders. Misschien ook waren al die hart-
kloppingen van vroeger wel de voorboden van deze,
die als een doodsklok dat grootse laatste echec in-
luidde.

Toen liep ik weer voort en dacht: is dat de zin dus
van die reis. – Mijn hart klopte nu allengs rustiger en
trager, en eindelijk zo moe en lusteloos dat het me
flauw maakte. Ik voelde het asfalt onder mijn voeten
deinen en de mensen die langs me gingen liepen in de
grijze aura van hun schimmen. Dat gebeurde in de
straat waar ik een kamer had genomen in een klein
hotel. Een straat, smal als de vorige, en ook geasfal-
teerd, terwijl er veel kazernehuizen waren met hoge
stenen stoepen. Mijn kamer was klein en op de hoog-

ste etage. De muur aan de vensterkant liep op halve-manshoogte in een hoek van vijfenveertig graden naar binnen, een zoldermuur. Als ik voor het venster, dat tot aan mijn borst reikte, stond zag ik daken en vensters en als ik me voorover boog zag ik de hoge gevels, de arduinen stoepen en het gladde trottoir. Dit uitzicht leek me mooier dan het bedrieglijke lentedecor dat ik uit mijn eigen open venster had gezien. Hier werd tenminste niet het schijngebaar gemaakt van levenslust, hier leek het me alsof de gevels enkel en alleen hoog en eentonig opstegen om een diep ravijn te vormen op de bodem waarvan desgewenst het einde, de rust, de vergetelheid te vinden lag. – Dat was dus de zin van deze vakantie, de complete bewustwording van mijn levenswalging en van een waanzinnig verlangen naar de dood. Ik keek naar beneden, het ravijn in. Daar bleef alleen de vraag: wanneer? – De wind streek langs mijn gezicht en dat deed me huiveren. Mijn gezicht was bezweet en mijn handen trilden. Ik keerde me van de diepte af en dacht, terwijl ik me verkleedde: Nog niet, maar wanneer dan wel? – Het werd avond; waar buiten het licht nog enkel maar iets van zijn glans verloren had, lag het in de kamer al dooraderd van schemer. Mijn handen trilden, terwijl ik me verkleedde, en mijn adem stokte van nervositeit. Ik herinner me dat ik er net zo aan toe kon zijn als ik naar een examen moest. Een examen was voor mij een hazardspel met een verschrikkelijke inzet: Als ik verloor, zou ik verloren zijn; en als ik won, maar wie durft dat te denken?... Nu echter ging het slechts om een bezoek aan de Durands die sinds lang in Parijs woonden. Dagen had ik laten voorbijgaan eer ik hen op de hoogte stelde van mijn verblijf in hun stad. Met mensen praten kostte me een enorme inspanning. En had ik daarom alleen getalmd? Met de Durands praten, ik wist het gelijk, kwam me voor als het spelen van het hazardspel met zijn verschrikkelijke inzet: als ik verloor, zou ik verloren zijn... en hoe zou ik hen ooit kunnen beletten terug te grijpen op onze laatste ontmoeting in de stad A.? Ontzettend, als dat gebeuren zou, ontzettend... Op dat moment daalde ik al de vele trappen af in het hotel. Ontzettend! – Achter dit woord verschool zich mijn belevenis met Myra, het was de graftombe op mijn laatste liefde. Waarom waagde ik me dan in dit dode verleden? Of behoorde dat nog tot de voltrekking van mijn lot, ging dat dus nog aan het ravijn vooraf? Ik haastte me erheen.

Toen ik tegenover hen zat stortte ik me blindelings op de ramp af die ik voorvoeld en geducht had. Myra, zei ik, wat wisten jullie eigenlijk van Myra? – Durand had die vraag verwacht. Hij greep met een snelle beweging zijn sigaretten op het tafeltje voor hem, stak er een op en bleef diep inhalerend voor zich uit staren. We hebben je toch geschreven, zei hij eindelijk onwillig, dat ze gestorven is. – Toen richtte ik mijn blik op zijn vrouw. Waarom hield die de ogen neergeslagen en wrong ze zo nerveus de handen? Ik zei: Ja, dat hebben jullie me geschreven. – Daarna keek ik van haar naar hem, en weer naar haar. Ik kreeg de indruk dat ze iets voor me verborgen hielden en het daarover samen niet eens waren. Hij wou het me verzwijgen, zij niet. Myra, begon ik, heeft toen nogal indruk op me gemaakt. – Het zweet parelde op mijn voorhoofd. Eigenlijk wist ik toen al gelijk dat ze zelfmoord gepleegd had en dat de Durands, die wisten hoe zwaarmoedig ik kon zijn, me dat oorspronkelijk niet hadden willen vertellen. We begrijpen en weten altijd veel meer van de mensen die we liefhadden dan we ons zelf willen toegeven. We willen alleen maar niet begrijpen en niet weten omdat daarmee vaak het duistere noodlot gapend open komt te liggen in meedogenloze duidelijkheid. Ik hervatte: Ze heeft niet alleen indruk op me gemaakt, het was meer. – Durand klopte de as van zijn sigaret en keek me aan. Dan is het goed, zei hij, dat het tussen jullie maar bij één ontmoeting is gebleven. – Daarop hief zijn vrouw de ineengestrengelde handen. Of juist niet, zei ze met geëmotioneerde stem. Haar handen vielen terug in haar schoot. Myra, hervatte toen Durand met tegenzin, was eigenlijk al gestorven bij haar leven. – Hij richtte zich tot zijn vrouw. Zo was het toch? – Toen keek hij mij weer aan met een afkeurende blik die Myra gold. Wat haar vermoord heeft, is de dood van haar man tegenover wie ze zich iets te verwijten had. – Weer hief zijn vrouw de ineengestrengelde handen. Ach, zwijg toch, zwijg, begon ze nerveus en verontwaardigd, wat begrijp jij daar nu van. – Ze keerde zich tot mij. Haar verontwaardiging maakte plaats voor ernst en ze keek me peilend aan. En toen zei ze: Maar kan jij begrijpen dat de eenzaamheid zozeer je natuurlijke element kan zijn dat je daardoor niet kan verdragen dat iemand zich aan je bindt? – Neen, zei ik. Maar, riep ze toen uit, als dat nu toch zo is, is er dan sprake van schuld? – Durand drukte met een heftig gebaar zijn sigaret uit. Ja, vroeg hij, heb je dan schuld als je de eenvoudigste wetten van de menselijke liefde wraakt? Ik vraag je, heb je dan schuld? – Hierop hief zijn vrouw zich van haar stoel, sloeg de handen voor haar gezicht en strekte die daarna pathetisch uit. Mijn God, riep ze, als het dan schuld is, dan toch nog niet speciaal tegenover die man, of tegenover hem. – En toen wees ze op mij. Durand keek me daarop welbesloten aan. De kwestie is, zei hij, ze heeft een soort dagboek nagelaten en daarin word ook jij genoemd. Ze wou je niet meer ontmoeten omdat ze vreesde dat je van haar zou gaan houden. Zeg me, wat doe je met liefde tegenover zo'n bizarre ziel? – Ik stond op. Ik had allang begrepen dat ik iets met de dood van Myra te maken had. De herinnering aan ons eerste en enige ontmoeten, de herinnering vooral aan mijn gemoedsgesteldheid op die avond sloeg door me heen als een orkaan van gevoel die me verwoestte en leeg achterliet. Alles, elk verlangen, elk toenaderen, elk woord en elk gebaar was toen verkeerd geweest. Mijn smachtend en verwonderd liefhebben, mijn naïeve vertrouwen in een lot dat ons samen tot het geluk zou voeren. En geen ogenblik van bezinning op het wezen dat Myra was en dat zich zwijgend en afwerend verschool achter haar geheim. Ik was haar doodvonnis... Op dat moment greep Durand me bij de arm, bijna teder: Misschien is het verstandig als je het zou lezen. –

Laat maar, laat maar, zei ik, wat maakt dat uit. –

Toen ik even later op straat stond, sloeg de wind me ijskoud op mijn bezwete voorhoofd, en dat deed me goed. Ik voelde me niet meer zo wanhopig leeg en duizelig als daarbinnen. Langzaam liep ik voort, zo langzaam dat het leek alsof ik voor eeuwig alle doel verloren had. Ik dacht: dat was dus de zin van mijn vakantie hier, in deze mooie stad. Kijk die duizenden mensen hier, in deze mooie stad, aan elkaar voorbij lopen. Elk mens is een wezen, tot stikkens vol van onopgeloste problemen die evenzoveel geheimen voor hem zijn en blijven. Elk mens leeft daarmee, en blijkbaar even gemakkelijk als met het nog niet verteerde voedsel in zijn maag. Het schijnt de meest natuurlijke staat van de mens, een maag met voedsel dat nog verteren moet en een ziel vol problemen, die ook wel verteren buiten zijn weten om. De mens is dom en daardoor ongelooflijk wreed. Hier loopt de moordenaar van Myra, dacht ik toen.

Ik ging een café binnen en dronk pernod, een medicijn dat me naar het hoofd steeg. Uit domheid, dacht ik, plegen we geen zelfmoord, maar vermoorden we elkaar, wij allen die hier nu in deze mooie stad lopen, een stad geboren uit dromen van machtswellust. Grote tuinen, brede squares en boulevards, paleizen, even sombere als monumentale huurkazernes; ruimtelijke breedheid voor de domme kleine zielen; kleine zielen, onkruid, onvernietigbaar en fleurig bloeiend, zonder besef van eigen schadelijk bestaan... Ik dacht: was ze maar niet gestorven en lag ik nog maar in haar arm. – Ze zou de plaid zorgvuldig, liefdevol over mijn schouder trekken, zij, die eenzaam wilde zijn en geen begrip van menselijke liefde had, volgens Durand.

Ik kwam op mijn kamer, installeerde me in een der twee crapauds en ging met gesloten ogen zitten nadenken. Op welke wijze, vroeg ik me zelf af, zou een mens ooit onschuldig en rein kunnen blijven? – Het antwoord was: door te sterven. – Een tweede vraag: hoe sterven? – Bij het leven, zoals Myra? Of door je uit het raam te storten, met je verlangende gezicht naar beneden gericht, naar het asfalt dat dan naar je schijnt op te springen? – Ik opende de ogen en hief de armen op in hulpeloos gebaar. Heel mijn strijd is vergeefs geweest, Myra, zei ik.

Het verbaasde me geen ogenblik dat ik haar in de crapaud tegenover me zitten zag. Bovendien gebeurde dat bij haar op haar kamer, in de stad A. Er heerste een diepe stilte buiten; het was dus nacht. Ik zag door het open venster de daken en daarboven een duister firmament. Welke strijd? vroeg ze. Ik boog me naar haar toe en keek haar aandachtig aan. Dat ze mooi was, scheen ik vergeten of misschien zelfs nooit geweten te hebben. Wat me voornamelijk trof was een raadselachtige weemoed in dat begeerlijke vrouwengezicht. Ik zocht naar de naam van een godin in de Griekse mythologie, die van eenzelfde gecompliceerde aangrijpende schoonheid was. Maar ik vond die niet en formuleerde een antwoord op haar vraag: Mijn strijd om evenwicht en vrede in eenzaamheid. – Ze glimlachte. Het was een fraaie koele glimlach om een zinnelijke mond, en weer deed ze me denken aan een Griekse godin, of eerder nog aan marmer waarin het beeld van zo'n godin gehouwen was. Ze vroeg: Kost je dat strijd? – Ze keek me aandachtig aan en voegde er toen nog aan toe: – Dat begrijp ik niet. Ik voelde hoe radeloos mijn hart nog kloppen kon, ondanks mijn voorbije jeugd, mijn zelfdiscipline en mijn verstand. Dan zal ik het je uitleggen, begon ik toen, ik hield van je van het eerste ogenblik af. Daarna heb ik aanvaard dat je me niet meer wenste te ontmoeten. Maar mijn eenzaamheid is sindsdien weer, evenals heel vroeger, een hel. –

Ik bleef haar aankijken en vroeg me af waardoor dit gezicht van een vrouw wier leven en wier vervullingen me vreemd waren, me zo aangreep en boeide. Ik zei: 'Geen dag, geen nacht, geen uur heb ik zonder je geleefd sinds ik je voor 't eerst zag. Je vervulde mijn bestaan en je was er niet. En ik wist heel goed dat je er evenmin ooit nog eens zou zijn. Maar waarom was je er dan ooit geweest? Alleen om mijn eenzaamheid weer te vergallen tot de oude tragiek? Eindelijk lukte het me, niet meer aan je te denken, maar toen werd ik elke morgen wakker met tranen van een onbekend verdriet in de ogen en met een vloek van weerzin tegen mijn ellendig marionettenleven op de lippen. Ontzettend. – Ze staarde me aan in een soort treurige verbijstering. Ik begrijp het niet, zei ze weer. Wat willen jullie toch, jullie lyrische mensen? – En ze schudde het hoofd. De eenzaamheid, zei ze, is voor mij het enige klimaat waarin ik leven kan. – Toen was het alsof ik voor het eerst oog kreeg voor de magische sfeer van onbereikbaarheid waarbinnen ze leefde. Ze zat tegenover me en ik had de armen slechts naar haar uit te strekken om haar te kunnen aanraken. Ik deed het niet. Ik durfde niet. Het zou zijn alsof ik mijn handen, dichtbij haar, in het ledige stak en alsof die handen, haar huid aanrakend, zouden rusten op de stille in zich zelf besloten kilte van de dood. Mijn handen bleven, zwaar van wanhoop, op mijn knieën en ik vroeg: Wat blijft dan iemand, die jou liefheeft, over? – We staarden elkaar aan, verstrikt in elkaars raadsels. Ik begrijp het niet, zei ze, als ik het maar begreep. Waarom moet dan de liefde je tot prooi maken? Is dat niet onnatuurlijk en onduldbaar? – En weer schudde ze het hoofd, verbijsterd. Ik dacht: ze leeft in een klimaat als van een andere planeet. Ik zei: Maar leven we dan niet uitsluitend om ons te verliezen, in de liefde aan een mens en in de dood aan God? – Daarop sloeg ze vermoeid de ogen neer en scheen het of ze sliep. Dat maakte haar zo ver van mij, dat ik eraan ging twijfelen of ze me nog horen kon. Ik zei met luide stem: Wie zich aan jou verliest, verbrijzelt alsof hij zich daar uit dat raam gestort en zijn gezicht verbrijzeld zou hebben op het asfalt van de straat. – Ze sloeg de ogen op en keek me ernstig aan. Ik kan er niets aan doen, zei ze. En ze stond op en liep naar 't open venster. Kom hier naast me staan, zei ze en keek naar buiten, in de nacht. Ik deed het. Ik legde zelfs een arm om haar schouder en dat liet ze toe. Zo stonden we. Toch is de wereld prachtig, zei ze, prachtig. Ik keek met haar mee. Het venster reikte ons tot aan de borst. Zwijgend staarden we omhoog en zagen het nachtzwarte ondoorgrondelijke firmament, en daken en wat lager vensters tegenover ons, en als we ons voorover bogen zagen we de gevels, de arduinen stoepen en het trottoir. Gevels, stoepen en trottoir lagen zeer naakt, zeer stil in het lantarenlicht. Nu zie je dat de straat een ziel heeft, en die stoepen, en die gevels, en die eindeloze bergketen van dakspitsen, zei ze. Ja, ik zie het. – En toen zei ze: Heiligschennis zou het zijn als je die mooie straat met je verbrijzelde gezicht besmeurde en ook heiligschennis aan je zelf als je je zou verbrijzelen aan mij. – Mijn arm gleed van haar schouder. Adieu, zei ik. Ze gaf geen antwoord. Ik verliet achteruit lopend de kamer om onvergetelijk in mijn geheugen op te nemen hoe ze zwijgend van mij afgekeerd bleef staan. Toen liep ik de trappen af en kwam ik buiten. Ik wist dat ze nog steeds aan 't venster stond, maar me niet nastaarde. Op de tenen liep ik heel de straat uit om de volmaakte nachtelijke stilte niet te verbreken. Daarna, toen ze me niet meer horen kon, liep ik met daverende stap. Ik liep en liep. Ik liep langs wegen die ik nooit tevoren aanschouwd had, over pleinen en door parken. Ik was, dacht ik, de enige mens in heel deze wereld, in een wereld die ik niet kende. Ik hoopte dat ik nooit de weg terug zou vinden en dat dit mijn bestemming zou blijken, zwerven in deze stille en plechtige en eindeloze nachtwereld. Ik bedacht toen plotseling dat ik na mijn eerste ontmoeten met Myra eveneens in een onbekende wereld had rondgezworven, om haar terug te vinden. Nu wou ik haar ontlopen, zó ver dat er geen wederkeer meer denkbaar was. Ik voelde me bewogen en gelukkig. Ik nam waar hoe 't eerste morgenlicht ging doorbreken en hoe de eerste vogel dat begroette en hoe toen plotseling van alle kanten de vogels invielen en heel de atmosfeer vervulden van een broos en liefelijk gekweel. Ik ging op een bank zitten in een park waar ik door het gebladerte heen mij omringd zag door hoge witte beelden, marmeren mensengestalten, eenzaam, grandioos en niettemin diep troosteloos. Hoe was het mogelijk dat ik me nu gelukkig voelde? Hoe graag had ik toch mijn hoofd aan haar borst gelegd en de harteklop van haar leven beluisterd, hoe verterend bestond nog dat verlangen in me... Ik had haar verlaten om harentwil. Het enige wat ik had kunnen doen met mijn liefde was haar verlaten om harentwil... Het was nu geen nacht meer, maar een pril en heerlijk ochtendgloren. Alle vogels in deze wereld zongen. Ik alleen, een wezen met het hart van een eenzaam zingende vogel en met het moede eenzame lichaam van een mens, sloeg de handen voor de ogen en schreide.

*De aantekeningen van Myra*

De laatste weken lijd ik aan een afschuwelijke vertwijfeling. Die heeft me beslopen als een ziekte met pijn-
vlagen, die met steeds korter tussenpozen optreden.
Het liefst zou ik in mijn kamer blijven, de deur op slot
doen, de bel afzetten en de telefoon van de haak leggen. Ik moet nadenken, ongestoord nadenken, maar
tegelijk weet ik dat me dat geen stap verder brengt om
de eenvoudige reden dat ik niet weet op welke wijze ik
nadenken moet. In plaats van een oplossing te vinden
heb ik het gevoel dat ik me zelf in een isolement denk
waar ik nooit meer uitkom. Of zou daarin juist de oplossing liggen? Ik weet het niet meer. Kon ik maar,
als een sentimentele vrouw, mijn hoofd in mijn handen leggen en het uitschreien. Maar ik zit hier maar,
uren en uren, en kijk in de leegte met mijn heldere
ogen in een rimpelloos gezicht. En niemand ver-
moedt hoe diep mijn gedachten gaan en hoe hoog
mijn gevoelens opstijgen... tot voor Gods rechterstoel!
's Avonds hervat ik mijn leven naar buiten toe, een
aaneenschakeling van onbetekenende avonturen, en
soms brengt me dat nog vergetelheid ook. Sinds de
dood van Raoul heb ik totaal geen vaste richtlijnen en
geen vaste plannen. Ik doe maar. Toen Raoul nog
leefde, had hij althans richtlijnen en plannen en daarmee leefde ik, zelfs in mijn afweer en verzet, in een
soort harmonie. Sinds de dood van Raoul is me dus
een levensstijl ontvallen, terwijl ik er beslist nog niet
achter ben of ik in mijn tegenwoordig leven me zelf
aan 't verliezen en vernietigen ben of me zelf aan 't
vinden en herzien. Ik moet nu alles maar eens op-
schrijven, zo eerlijk mogelijk. Misschien kom ik tot de
ontdekking dat deze crisis, waarin ik verkeer, tot bepaalde besluiten moet voeren. Of misschien is mijn
vertwijfeling een zeepbel, die ik alleen al met concrete
woorden op papier kapotprik. Wat zou ik zijn? Een

mens met een afschuwelijke heilloze tragiek? Of alleen maar een blond tot gezetheid neigend vrouwelijk wezen, dat met een nogal stupide concentratie het blonde haar dat haar los op de schouders hangt met een gloeiende krultang naar binnen krult, zich een make-up oplegt en daarna de onbetekenende avonturen, die in de avonden besloten liggen, aanvaardt? In mijn huwelijk, Raoul wist het, was ik niet wat men noemt 'trouw', hoewel ik van hem hield, op mijn manier (zijn manier was een andere, even tragisch als irritant, maar daarover straks). Die avonturen tijdens mijn huwelijk konden dus desnoods verklaard worden uit het feit dat het tussen ons niet klopte; hij was een lyrische natuur en ik een logische (maar nogmaals, daarover straks). Na zijn dood zijn natuurlijk die avonturen gebleven, en verklaar ze dan nu maar uit het feit dat ik een zelfstandige jonge vrouw ben. Maar nooit zo volstrekt als juist de laatste tijd neemt mijn geest daar geen deel aan. Mijn geest houdt zich zo sterk bezig met zijn kwellende zelfbespiegelingen dat mijn omgang met stervelingen van deze aarde me absurd voorkomt. Het is uitsluitend mijn lichaam dat hen ervaart en vaak heb ik me, in de orgastische omhelzingen van mijn minnaars, afgevraagd: Maar voelt hij dan niet, dat hij een dode omhelst? – Toch vond ik het niet alleen verontrustend, maar ook wel gemakkelijk, die breuk tussen mijn amoureuze leven en de vervuldheden van mijn geest. Gemakkelijk, waar ik elk avontuur liet voortbestaan zolang ik zelf dat wenste zonder me te bekommeren om de gevoelens die ik misschien gewekt en aangemoedigd had. Het verontrustende was, dat ik me met de dag verder verwijderd voelde van het menselijke, het menselijke leven. Bij God, ik scheen dus al bij leven gestorven. Bij God, wat een vergissing, ik ben misschien al dood zolang ik op aarde het spel des levens speel!...

Waarom dringt zich nu de herinnering op aan mijn

jeugd? Toen was er nog niets verontrustends, dacht ik. Stil, stil, het was er wel. Alleen ik wist het niet; ik was nog argeloos. Ik herinner me bij voorbeeld nog precies hoe ik me als jong meisje tot mijn spiegelbeeld verhield. Ik was me ervan bewust dat ik een bepaalde schoonheid bezat, maar dat maakte me niet ijdel. Ik voelde me alleen maar verrukkelijk sterk, fysiek en moreel. Wat kon mij gebeuren in 't leven? Ik zou nog tientallen jaren, als ik 's morgens opstond en mijn spiegelbeeld zocht, een rimpelloos gezicht ontmoeten waarover de glans van een fraaie glimlach kon glijden als zonlicht door schaduw achtervolgd over koel water. Geen enkel verlangen joeg onrust of dromen in mij aan. Met een scepsis, die anderen onbehaaglijk kon stemmen, wachtte ik af wat het leven me brengen zou. Ik voorvoelde dat het niets kon zijn wat me imponeren, ontroeren of bovenmate gelukkig maken zou. Er waren veel jongemannen verliefd op me. Ik koos Raoul, en waarom? Ik had nog nooit iemand ontmoet die zoveel rekening met me hield en zoveel ruimte liet aan mijn wil. Ik had maar te zeggen waar ik wenste te wonen, waar wij zouden heengaan in de vakanties, welke mensen we als onze vrienden zouden beschouwen, enz. Eerst dacht ik dat die liefde van Raoul wel de ware zou zijn. Maar spoedig begon ik daaraan te twijfelen en dat kwam doordat er hoegenaamd niets voor me veranderde. Er was en bleef een even onaangerand maagdelijk als statisch levensgevoel in me. Ik ontmoette in de spiegel dezelfde blanke gelaatstrekken, die aan koel water deden denken waarover zonlicht, achtervolgd door schaduw strijken kon. En ik vroeg me af, er dus van uitgaande dat de liefde een soort contract was dat twee wezens innerlijk bond, welke zin mijn huwelijk met Raoul wel hebben mocht. Eens kwam hij later dan ik verwacht had van een zakenreis terug. Ik hoop, zei hij, dat je je niet ongerust gemaakt hebt. – Ongerust? vroeg ik, en waarom? – Ik zou een ongeluk gekregen kunnen hebben, zei hij, ik zou in een hotelkamer dood gebleven kunnen zijn, ik zou aan de haal hebben kunnen zijn met een andere vrouw. – Ik keek hem peinzend aan. En toen formuleerde ik iets wat me plotseling heel duidelijk werd: Ik zou wat er ook gebeurd was te zijner tijd vernomen hebben en wat me zeker nooit uit mijn evenwicht zou brengen is het onvermijdelijke en onherroepelijke. – Hij toonde eerst bewondering voor die uitspraak, maar verviel toen plotseling tot een ongelukkig stilzwijgen dat daarna steeds vaker voorkwam. Eindelijk sprak hij het uit, met de verschraalde stem waarmee een lang gevoede versleten overtuiging geformuleerd wordt: Je houdt niet van me. – Geen vrouw dan ik heeft dat verwijt ooit ernstiger en scrupuleuzer onderzocht. Ik trok me ervoor terug in rust en stilte. Hield ik niet van hem? Ik meende zeker te weten van wel. Was mijn manier van liefhebben onjuist? Maar bestond de ware liefde dan daarin dat je iemand nodig had, dat je innerlijk van iemand afhankelijk werd, dat je, zodra je alleen was, uit je evenwicht raakte? Op een gegeven moment kwam ik uit mijn retraite te voorschijn en zei ik hem: Ik hou van je, al ben ik niet sentimenteel en niet onredelijk. Maar mocht je arm worden, dan deel ik je armoede en mocht je ziek worden, dan zal ik aan je ziekbed zitten. En altijd wil ik je minnares zijn. – Ik lachte hem warm en pal in de ogen om aan mijn woorden hun kille weloverlegdheid te ontnemen. Om die lach nam hij me toch heftig in zijn armen. Hij zei: Wat ben je eerlijk, en goed, en heerlijk. – Hij was een fantast. Ik zag aan zijn ogen waarin een glans van exaltatie lag, dat hij me wóu en zóu liefhebben en me daarom ook wel in alles begrijpen wou. Ik begreep hém echter niet. Kon hij dan niet zelfstandig en alleen zijn? Had hij me dus nodig als een onmondig kind? Ik ging daarna steeds vaker met dit probleem in retraite. Ik sloot me op in mijn kamer of ik ging wandelen door de stad. Ik vond een diepe genoegdoening in het alleen-zijn. Soms, door de stad wandelend, kon ik plotseling stilstaan en mijn aandacht richten op het levensgevoel dat me op zo'n moment beheerste; en ik wist dan dat ik evenwichtiger en hoger gestemd was dan ooit en dat ik alles, mensen en dingen, zeer lief-had.

Eens leunde ik aan de stenen borstwering van een brug. Mijn hand streelde de zondoorwarmde rulle steen met liefde, met dezelfde liefde waarmee ik een mens had kunnen strelen. Toen dacht ik: misschien houd ik toch meer van de dingen dan van de mensen; die borstwering, hoe onwrikbaar is die daar van zich zelf. – Er was, concludeerde ik, niet alleen een diep wezensverschil tussen mij en Raoul, maar tussen mij en iedereen. En toen vervulde me dat nog van trots. Was ik niet als een koele glanzende ster aan het be-wogen maar troebele firmament der menselijke lief-des-idealiteit? Hoe was het mogelijk dat de mensen de eenzaamheid dermate schuwden dat ze, om haar uit te bannen, tot de lafste zelfverloochening en tot het ge-raffineerdste zelfbedrog in staat waren! Hoe was het mogelijk dat twee mensen die de eenzaamheid hadden ingewisseld voor het monsterverbond van de weder-zijdse afhankelijkheid over liefde durfden te praten! – Op een nacht stiet ik Raoul van me af; mijn weerzin was dieper dan de lust die ik daarvóór in zijn armen gevonden had. Klem je in de lustbelevenis aan de ge-liefde vast als een verdrinkende, maar in Godsnaam, niet meer daarna! Ik maakte licht, liep op de spiegel toe en bekeek met gretige nieuwsgierigheid mijn spie-gelbeeld. Mijn gelaatstrekken waren opvallend blank en gaaf, mijn blonde haar, door zijn smekende strelin-gen uit de coiffure gerukt, gaf me iets verwilderds. Die nacht was ik voor het eerst verontrust door mijn eigen wezen. Achter mij voelde ik de blik van Raoul die ik ongelukkig zou maken. En wat kon ik daaraan doen? Ik wist nu dat liefde en geluk een totaal andere zin hadden voor mij dan voor hem. Hoeveel dieper ging mijn vreemd wezen dan deze aanhankelijke Raoul ooit zou kunnen bevroeden. Hij oefende zich in onverschilligheid en redelijkheid en meende zich daarmee bij mij aan te passen. En op een gegeven dag bedroog hij me alleen maar met de bedoeling mij daarmee tot de gewone menselijke reacties te verleiden; tot jaloezie, nieuw geprikkeld begeren, onredelijkheid, heftigheden, tranen. Ik zei: Je bent van je zelf, niet van mij. Het enige wat me verdriet doet, is dat je je aan mij wilt verliezen. Begrijp dat toch. – Nooit heb ik toen iemand zo ongelukkig gezien. Hij zei: Laat me daar nu eens goed over nadenken. – Van dat moment af bepaalde hij een houding waardoor het helemaal niet meer tussen ons ging. Hij had het gevoel alsof ik zijn hart in mijn ijskoude hand gesloten hield. Hij kon zich niet meer de minste argeloosheid veroorloven of zijn hart stiet op die ijskoude omknelling. Hij waagde het niet meer om een vertederde blik op me te laten rusten. Hij dwong zijn blik tot een bijna onpersoonlijke vriendelijkheid. Die reacties waren natuurlijk evenzoveel bewijzen dat hij niets van me begreep. Een werkelijk wederzijds begrip had immers een soort compromis opgeleverd tussen onze zo diep verschillende geaardheden. Ik probeerde hem natuurlijk tegemoet te komen, maar dat maakte hem nog bevangener en bovendien beschaamd. Ondertussen beleefde ik enkele avonturen met anderen. Er waren er die het gebrek aan deelname van mijn ziel voelden, zich daardoor evenwel niet geïntrigeerd toonden en het daarom ook lieten bij een korte oppervlakkige liaison. Voor zulken had ik de meeste waardering. Ik haatte de sensibelen die, zoals Raoul, zich aan me verslingerden en de botteriken die zich niets anders voor de geest hielden dan het feit dat ik die enkele keren dat ik had gewild een goed minnares was geweest. Hoe zou ik anders? Als ik het avontuur eenmaal aanvaardde, kende ik ook geen restricties. De commentaar van Raoul, die van al mijn minnaars afwist, trof me als een messteek: Hoe heeft iemand de moed om zo menselijk tegenover je te durven zijn. –

Niet lang daarna werd hij ziek. Ik heb nooit geweten hoe lang hij misschien al pijn geleden had, voordat hij zich in een ziekenhuis moest laten opnemen. Ik heb evenmin ooit geweten wat hem precies scheelde en evenmin wist ik dat het ernstig was. Geen sterveling zei me dat het nodig was dat ik aan zijn ziekbed kwam zitten. Hij zelf zei me evenmin dat hij dat verlangde. Alleen, toen ik hem eens bezocht, nam de dokter me apart en zei me: Hij is heel ernstig ziek. – Ik vroeg: Is er levensgevaar? – En mijn hart begon zwaar en krampachtig te bonzen alsof de vraag, zodra ik die gesteld had, tot het fatale antwoord verkeerde. Maar de dokter zei: Levensgevaar? Dat direct niet. – En daar hield ik me aan, al wist ik dat het een leugen was. In werkelijk belangrijke opzichten, in werkelijk ernstige kwesties, liegen immers de mensen altijd. Met betrekking tot liefde en dood liegen ze uitsluitend. Waar het om liefde en dood gaat, moet men eenmaal door de grove leugen van het woord heen luisteren. De waarheid wordt dan nooit genoemd, maar achter de leugen gesuggereerd. Waarom wenste ik toen de zin van de leugen niet te verstaan? Waarom, in Godsnaam, was ik toen niet mens met de mensen? – Twee dagen later moest ik onmiddellijk komen. Hier treed ik maar niet in details. Het enige wat ik daarvan vertellen wou, is dat hij in zijn verzwegen eenzame doodsstrijd ontzaglijk naar me had liggen verlangen en dat ik op me had laten wachten tot het laatste ogenblik.

Wat ik me daarna ging afvragen: Wie doorschouwt in een ander wezen diens diepste schuld? – Niemand, zelfs niet als je je schuld uiteenzet, zoals ik aan mijn vrienden Durand heb gedaan. Lieve vrienden Durand het ging hier niet om een gebrek aan liefde dat ik me te verwijten zou hebben, en evenmin om een tragisch verschil van geaardheid zodat ik me juist niets te verwijten zou hebben. Hier ging het om het verontrustende verschil tussen alle andere stervelingen en mij. Ik heb niet enkel gefaald tegenover Raoul, maar ik faalde als mens gedurende heel mijn menselijke bestaan. En hoe kon dat anders! Ik, armzalige, ik ken de menselijke liefde niet, noch het verlangen of het gemis. Een levend dode ben ik, ten onrechte tussen de werkelijk levenden. Uren en uren heb ik in retraite nagedacht over Raoul en mij erin verdiept hoezeer hij door mij geleden moet hebben. Soms kreeg ik een onmiskenbaar gevoel van zijn geestelijke aanwezigheid en dan dacht ik: als opstanding mogelijk zou zijn, Raoul, zou je me dan weer aankijken met die vertwijfelde rancuneuze blik? – Eerst meende ik dat die blik waarmee hij me in de laatste minuten van zijn lijden had aangestaard me kwelde. Hoe vergiste ik me! Jullie Durands toch, die me begrijpend en vergevend tegemoet kwamen, leerden me anders: Hoe meer ik me van schuld vrijgepleit wist, des te volkomener voelde ik me ontmenselijkt. Ik had de beschuldiging van die stervende blik nodig om in eigen menselijkheid te kunnen geloven. Als mens aanbeden en verworpen werd ik, als een mens. – –

En kort geleden kwam ik Raoul weer op aarde tegen. Jullie weet, vrienden Durand, waar en onder welke naam. Het eerste ogenblik van die ontmoeting was ik zo verbijsterd dat ik geen woord kon uitbrengen. Wij verlieten met ons vieren het station, herinneren jullie het je nog? Ik zag me zelf toen nog in een spiegelbeeld; een grote blonde vrouw in een bontmantel en blootshoofds. Ik bewoog me rustig en zelfverzekerd, maar ik dacht: hoe is 't mogelijk dat mijn gezicht geen spoor van emotie verraadt, dat rimpelloze gezicht met een fraaie koele glimlach en een trotse blik. Ik hield me voor, dat daar toevallig een gelijkenis was naar het uiterlijk en misschien ook wel naar het wezen, maar dat die toevalligheid mijn persoonlijke tragiek nog niet behoefde te raken. Hoogstwaarschijnlijk zou ik deze dubbelganger van Raoul na die avond niet eens een tweede keer ontmoeten. Had ik die beschikking trouwens niet zelf in handen? Heel de ontwikkeling van dit toevallige contact, ook gedurende die enkele avond, lag in mijn macht. Ik was sterk. Ik behoefde het slechts te willen, en ik zou zijn aandacht boeien. Als ik dat niet wilde, scheen ik een magische cirkel van koude uit te stralen en dan waagde zich niet één toenaderende intentie tot mij.

We gingen eten, herinneren jullie het je, en Raouls dubbelganger zat tegenover me. Hij had hetzelfde zachte slordige haar en dezelfde verstrooide bijziende blik die zich altijd even te laat en iets te lang op de dingen vestigt. Hij vertelde dat hij de vrouw met wie hij gelukkig was geweest verloren had. Het merkwaardige was dat jullie, Durands, onmiddellijk wilden geloven in een verdriet. Hij had dat verdriet allang overleefd. Wat hij wel verdrietig vond, was dat hij daar tussen mensen moest zitten en niemand lag dat minder dan juist hem. Hij bleef gevangen in de aura van een volslagen eenzelvigheid. Later op de avond dansten we. Hij wou iets hoffelijks zeggen. Wat hij zei weet ik niet meer, maar ach, van hoever kwam die stem op me toe. Niemand dan ik weet beter hoe irritant, hoe walgingwekkend het is om met de eeuwigheid in je het spel van de menselijke marionet te spelen. Ik zei daarom: Stil toch, forceer je toch niet voor mij. – De glimlach die zijn gezicht eerst mistekende viel daaruit weg. Hij keek me niet meer aan, maar staarde langs me heen. Ik zag een diepe vredige droefheid in dat gezicht en over zijn ogen loken half de oogleden. Ik dacht: hij weet ternauwernood dat hij daar nu met iemand danst, met een vrouw die hij

uiterst ingetogen aan de hand raakt en met een arm
omvat houdt. Hij beweegt zich als een dode door 't leven, dacht ik, zoals ik; het is Raoul, teruggekeerd. En
toen drukte hij me plotseling tegen zich aan. Ach, ach,
zei hij. Dat ontroerde me. Het was de liefde van Raoul, die ik in dit gebaar herkende, maar ditmaal tot
mij gekomen uit een innerlijke eenzaamheid zoals ik
zelf die kende. Ik overwoog of ik hem zou vertellen
waardoor zijn verschijning, zijn wezen me eerst zo
diep verbijsterd had. Maar onmiddellijk daarop dronken we veel in een snel tempo, wat de stemming lich-
ter van toon maakte en ook erotischer. Ik wist toen al,
dus voordat we met ons vieren naar mijn kamer gingen, dat ik hem die nacht bij me houden zou. Zodra
dit plan in me bestond, moet ik hem dat ook door een
nauwelijks merkbare verandering in mijn houding
hebben meegedeeld. Hij scheen het althans te weten
zonder zich dat bewust te zijn. Waren jullie, Durands,
ook niet verbaasd over die vreugde die in hem los-
kwam en gestadig toenam?

Gelijk alle mensen die eenzaam zijn, bleef er in zijn
reacties een diep eenzelvige bezinning, terwijl zijn
spontane opmerkingen vaak van ongepantserde argeloosheid waren die naïef aandeed. Zelden kwam hij
tot een reëel en waakzaam besef van zijn betrekking
tot de mensen en dingen die hem omringden; het leek
alsof hij ons drieën, evenals het glas dat voor hem
stond, telkens weer opnieuw ontdekte. En toch wist hij
dat er tussen ons beiden een enorme toenadering gereed lag. Toen we in een taxi naar mijn huis reden
sloeg hij plotseling zonder bedenken een arm om me
heen en boog zich naar mijn gezicht. Hij zei: Nu ben
ik plotseling verliefd op je. – Hij kuste me niet, maar
week evenmin terug. Ik streek het zachte slordige haar
van zijn voorhoofd weg en duwde tegelijk zijn gezicht
van me af. Een dubbelzinnig gebaar, een ja en een
neen. Maar hij had me goed begrepen. Hij werd uit-

zinnig vrolijk, herinneren jullie je dat nog? Op mijn kamer zag hij het portret van Raoul. Hij verstilde en ging op mijn divan liggen. Ondertussen voorzag ik jullie van koffie en zijn blik volgde me. Ik dacht toen: hij kijkt naar me alsof ik duizend mijlen ver ben, en met een glans van verbazing in zijn ogen die aan de herkenning vooraf gaat. Ik kon niet nalaten erom te glimlachen dat er zich precies die stemmingen en spanningen ontwikkelden die ik me had voorgesteld. Eindelijk gingen jullie toen weg. Ook hij, maar zonder één woord tot afscheid omdat hij in waarheid geen afscheid nam. Ik wachtte totdat ik in de nachtelijke stilte geen voetstappen meer hoorde opklinken en trok toen de buitendeur weer open. Hij kwam naar boven. Ik wachtte hem op de drempel van mijn kamer. Nooit heeft iemand me gretiger omhelsd en gretiger liefgehad. Toen zijn hartstocht gestild was, nam hij me in zijn armen en zo bleef hij met me liggen. Ik keerde hem mijn gezicht toe en keek hem aan. Op dat moment drong het tot me door, hoezeer ik me in hem vergist had en hoezeer hij spelbreker was. Ik ontmoette in hem de Raoul die zich aan mijn wezen verloren en vergrepen had, die ik had moeten terugwijzen en die zich aan mij had moeten verwonden tot in zijn stervensuur. – – –

In Godsnaam, ik wil het leven liefhebben, ik wil een kind strelen, een man in mijn armen sluiten en mijn hand verliefd leggen op de zondoorwarmde rulle steen van een borstwering. Maar dat is dan ook alles wat ik, armzalige, kan en wil... Toen ik weer alleen was, ging ik aan het open venster staan. Een bijna verheven stemming bezielde me. Ik besloot deze herboren Raoul nooit meer te ontmoeten. Ik besloot hem het tragische conflict met mijn verontmenselijkte liefde te besparen. Ik was edelmoedig. Ik deed afstand van zijn vertwijfelde rancuneuze blik die een menselijke wanhoop in me zou hebben aangericht. Ik stond voor het open venster en keek op naar het nachtelijk firmament. Niet één ster glansde er, als een ver mysterie. Af en toe viel er een rukwind door de straat en dat leek op het boos en verdrietig rondwaren van een dakloze, een overtollige... Ik sloot het venster en strekte me op de divan uit. Mijn verheven stemming was plotseling omgeslagen in een overstelpende somberheid. Waarom zou ik een kind strelen, een man omhelzen en een verliefde hand leggen op een dode steen? Was ik zelf niet in deze mensenwereld een overtollige?

(1948)